馬巒山望

孫文波詩選

孫文波 著

朝向漢語的邊陲

楊小濱

　　中國當代詩的發展可以看作是朝向漢語每一處邊界的勇猛推進，而它的起源也可以追溯出頗為複雜的線索。1960年代中後期張鶴慈（北京，1943-）和陳建華（上海，1948-）等人的詩作已經在相當程度上改變了主流詩歌的修辭樣式。如果說張鶴慈還帶有浪漫主義的餘韻，陳建華的詩受到波德萊爾的啟發，可以說是當代詩中最早出現的現代主義作品，但這些作品的閱讀範圍當時只在極小的朋友圈子內，直到1990年代才廣為流傳。1970年代初的北京，出現了更具衝擊力的當代詩寫作：根子（1951-）以極端的現代主義姿態面對一個幻滅而絕望的世界，而多多（1951-）詩中對時代的觀察和體驗也遠遠超越了同時代詩人的視野，成為中國當代詩史上的靈魂人物。

　　對我來說，當代詩的概念，大致可以理解為對以北島（1949-）和舒婷（1952-）等人為代表的朦朧詩的銜接，其轉化與蛻變的意味值得關注。朦朧詩的出現，從某種意義上可以看作官方以招安的形式收編民間詩人的一次努力。根子、多多和芒克（1951-）的寫作自始未被認可為朦朧詩的經典，既然連出現在《詩刊》的可能都沒有，也就甚至未曾享受遭到批判的待遇，直到1980年代中後期才漸漸浮出地表。我們應該可以說，多多等人的文化詩學意義，是屬於後朦朧時代的。才華出

眾的朦朧詩人顧城在1989年六四事件後寫出了偏離朦朧詩美學的《鬼進城》等傑作，不久卻以殺妻自盡的方式寫下了慘痛的人生詩篇。除了揮霍詩才的芒克之外，嚴力（1954-）自始至終就顯示出與朦朧詩主潮相異的機智旨趣和宇宙視野；而同為朦朧詩人的楊煉（1955-），在1980年代中期即創作了《諾日朗》這樣的經典作品，以各種組詩、長詩重新跨入傳統文化，由於從朦朧詩中率先奮勇突圍，日漸成為朦朧詩群體中成就最為卓著的詩人。同樣成功突圍的是游移在朦朧詩邊緣的王小妮（1955-），她從1980年代後期開始以尖銳直白的詩句來書寫個人對世界的奇妙感知，成為當代女性詩人中最突出的代表。如果說在1970年代末到1980年代初，朦朧詩仍然帶有強烈的烏托邦理念與相當程度的宏大抒情風格，從1980年代中後期開始，朦朧詩人們的寫作發生了巨大的轉化。

　　這個轉化當然也體現在後朦朧詩人身上。翟永明（1955-）被公認為後朦朧時代湧現的最優秀的女詩人，早期作品受到自白派影響，挖掘女性意識中的黑暗真實，爾後也融入了古典傳統等多方面的因素，形成了開闊、成熟的寫作風格。在1980年代中，翟永明與鐘鳴（1953-）、柏樺（1956-）、歐陽江河（1956-）、張棗（1962-2010）被稱為「四川五君」，個個都是後朦朧時代的寫作高手。柏樺早期的詩既帶有近乎神經質的青春敏感，又不乏古典的鮮明意象，極大地開闊了漢語詩的表現力。在拓展古典詩學趣味上，張棗最初是柏樺的同行者，爾後日漸走向更極端的探索，為漢語實踐了非凡的可能性。在「四川五君」中，鐘鳴深具哲人的氣度，用史詩和寓言有力地

書寫了當代歷史與現實。歐陽江河的寫作從一開始就將感性與理性出色地結合在一起，將現實歷史的關懷與悖論式的超驗視野結合在一起，抵達了恢宏與思辨的驚險高度。

後朦朧詩時代起源於1980年代中期，一群自我命名為「第三代」的詩人在四川崛起，標誌著中國當代詩進入了一個新階段，1980年代最有影響的詩歌流派，產自四川的佔了絕大多數。除了「四川五君」以外，四川還為1980年代中國詩壇貢獻了「非非」、「莽漢」、「整體主義」等詩歌群體（流派和詩刊）。如周倫佑（1952-）、楊黎（1962-）、何小竹（1963-）、吉木狼格（1963-）等在非非主義的「反文化」旗幟下各自發展了極具個性的詩風，將詩歌寫作推向更為廣闊的文化批判領域。其中楊黎日後又倡導觀念大於文字的「廢話詩」，成為當代中國先鋒詩壇的異數。而周倫佑從1980年代的解構式寫作到1990年代後的批判性紅色寫作，始終是先鋒詩歌的領頭羊，也幾乎是中國詩壇裡後現代主義的唯一倡導者。莽漢的萬夏（1962-）、胡冬（1962-）、李亞偉（1963-）、馬松（1963-）等無一不是天賦卓絕的詩歌天才，從寫作語言的意義上給當代中國詩壇提供了至為燦爛的景觀。其中萬夏與馬松醉心於詩意的生活，作品惜墨如金但以一當百；李亞偉則曾被譽為當代李白，文字瀟灑如行雲流水，在古往今來的遐想中妙筆生花，充滿了後現代的喜劇精神；胡冬1980年代末旅居國外後詩風更為逼仄險峻，為漢語詩的表達開拓出難以企及的遙遠疆域。以石光華（1958-）為首的整體主義還貢獻了才華橫溢的宋煒（1964-）及其胞兄宋渠（1963-），將古風與現代主義風尚

總序　朝向漢語的邊陲／００５

奇妙地糅合在一起。

　　毫不誇張地說，川籍（包括重慶）詩人在1980年代以來的中國詩壇佔據了半壁江山。在流派之外，優秀而獨立的詩人也從來沒有停止過開拓性的寫作。1980年代中後期，廖亦武（1958-）那些囈語加咆哮的長詩是美國垮掉派在中國的政治化變種，意在書寫國族歷史的寓言。蕭開愚（1960-）從1980年代中期起就開始創立自己沉鬱而又突兀的特異風格，以罕見的奇詭與艱澀來切入社會現實，始終走在中國當代詩的最前列。顯然，蕭開愚入選為2007年《南都週刊》評選的「新詩90年十大詩人」中唯一健在的後朦朧詩人，並不是偶然的。孫文波（1956-）則是1980年代開始寫作而在1990年代成果斐然的詩人，也是1990年代中期開始普遍的敘事化潮流中最為突出的詩人之一，將社會關懷融入到一種高度個人化的觀察與書寫中。還有1990年代的唐丹鴻（1965-），代表了女性詩人內心奇異的機器、武器及疼痛的肉體；而啞石（1966-）是1990年代末以來崛起的四川詩人，以重新組合的傳統修辭給當代漢語詩帶來了跌宕起伏的特有聲音。

　　1980年代的上海，出現了集結在詩刊《海上》、《大陸》下發表作品的「海上詩群」，包括以孟浪（1961-）、郁郁（1961-）、劉漫流（1962-）、默默（1964-）、京不特（1965-）等為主要骨幹的以倡導美學顛覆性及介入性寫作風格的群體，和以陳東東（1961-）、王寅（1962-）、陸憶敏（1962-）等為代表的較具學院派知性及純詩風格的群體，從不同的方向為當代漢語詩提供了精萃的文本。幾乎同時創立的

「撒嬌派」，主要成員有京不特、默默、孟浪等，致力於透過反諷和遊戲來消解主流話語的語言實驗，也頗具影響。無論從政治還是美學的意義上來看，孟浪的詩始終衝鋒在詩歌先鋒的最前沿，他發明了一種荒誕主義的戰鬥語調，有力地揭示了歷史喜劇的激情與狂想，在政治美學的方向上具有典範性意義。而陳東東的詩在1980年代深受超現實主義影響，到了1990年代之後則更開闊地納入了對歷史與社會的寓言式觀察，將耽美的幻想與險峻的現實嵌合在一起，鋪陳出一種新的夢境詩學。1980年代的上海還貢獻了以宋琳（1959-）等人為代表的城市詩，而宋琳在1990年代出國後更深入了內心的奇妙圖景，也始終保持著超拔的精神向度。1990年代後上海崛起的詩人中最引人注目的是復旦大學畢業後定居上海的韓博（黑龍江，1971-），他近年來的詩歌寫作奇妙地嫁接了古漢語的突兀與（後）現代漢語的自由，對漢語的表現力作了令人震驚的開拓。還有行事低調但詩藝精到的女詩人丁麗英（1966-），在枯澀與奇崛之間書寫了幻覺般的日常生活。

與上海鄰近的江南（特別是蘇杭）地區也出產了諸多才子型的詩人，如1980年代就開始活躍的蘇州詩人車前子（1963-）和1990年代之後形成獨特聲音的杭州詩人潘維（1964-）。車前子從早期的清麗風格轉化為最無畏和超前的語言實驗，而潘維則以現代主義的語言方式奇妙地改換了江南式婉約，其獨特的風格在以豪放為主要特質的中國當代詩壇幾乎是獨放異彩。而以明朗清新見長的蔡天新（1963-）雖身居杭州但足跡遍布五洲四海，詩意也帶有明顯的地中海風格。影響甚廣的于堅

（1954-）、韓東（1961-）和呂德安（1960-）曾都屬於1980年代以南京為中心的他們文學社，以各自的方式有力地推動了口語化與（反）抒情性的發展。

朦朧詩的最初源頭，中國最早的文學民刊《今天》雜誌，1970年代末在北京創刊，1980年代初被禁。「今天派」的主將們，幾乎都是土生土長的北京詩人。而1980年代中期以降，出自北京大學的詩人佔據了北京詩壇的主要地位。其中，1989年臥軌自盡的海子（1964-1989）可能是最為人所知的，海子的短詩尖銳、過敏，與其宏大抒情的長詩形成了鮮明對比。海子的北大同學和密友西川（1963-）則在1990年後日漸擺脫了早期的優美歌唱，躍入一種大規模反抒情的演說風格，帶來了某種大氣象。臧棣（1964-）從1990年代開始一直到新世紀不僅是北大詩歌的靈魂人物，也是中國當代詩極具創造力的頂尖詩人，推動了中國當代詩在第三代詩之後產生質的飛躍。臧棣的詩為漢語貢獻了至為精妙的陳述語式，以貌似知性的聲音扎進了感性的肺腑。出自北大的重要詩人還包括清平（1964-）、西渡（1967-）、周瓚（1968-）、姜濤（1970-）、席亞兵（1971-）、冷霜（1973-）、胡續冬（1974-）、陳均（1974-）、王敖（1976-）等。其中姜濤的詩示範了表面的「學院派」風格能夠抵達的反諷的精微，而胡續冬的詩則富於更顯見的誇張、調笑或情色意味，二人都將1990年代以來的敘事因素推向了另一個高度。胡續冬來自重慶（自然染上了川籍的特色），時有將喜劇化的方言土語（以及時興的網路語言或亞文化語言）混入詩歌語彙。也是來自重慶的詩人蔣浩

（1971-）在詩中召喚出語言的化境，將現實經驗與超現實圖景溶於一爐，標誌著當代詩所攀援的新的巔峰。同樣現居北京，來自內蒙古的秦曉宇（1974-），也是本世紀以來湧現的優秀詩人，詩作具有一種鑽石般精妙與凝練的罕見品質。原籍天津的馬驊（1972-2004）和原籍四川的馬雁（1979-2010），兩位幾乎在同齡時英年早逝的天才，恰好曾是北大在線新青年論壇的同事和好友。馬驊的晚期詩作抵達了世俗生活的純淨悠遠，在可知與不可知之間獲得了逍遙；而馬雁始終捕捉著個體對於世界的敏銳感知，並把這種感知轉化為表面上疏淡的述說。

　　當今活躍的「６０後」和「７０後」詩人還包括現居北京的莫非（1960-）、殷龍龍（1962-）、樹才（1965-）、藍藍（1967-）、侯馬（1967-）、周瑟瑟（1968-）、朱朱（1969）、安琪（1969-）、王艾（1971-）、成嬰（1971-）、呂約（1972-）、朵漁（1973-），河南的森子（1962-）、魔頭貝貝（1973-），黑龍江的潘洗塵（1964-）、桑克（1967-），山東的宇向（1970-）孫磊（1971-）夫婦和軒轅軾軻（1971-），安徽的余怒（1966-）和陳先發（1967-），江蘇的黃梵（1963-）、楊鍵（1967），浙江的池凌雲（1966-）、泉子（1973-），廣東的黃禮孩（1971-），海南的李少君（1967-），現居美國的明迪（1963-）等。森子的詩以極為寬闊的想像跨度來觀察和創造與眾不同的現實圖景，而桑克則將世界的每一個瞬間化為自我的冷峻冥想。同為抒情詩人，女詩人藍藍通過愛與疼痛之間的撕扯來體驗精神超越，王艾則一次又一次排練了戲劇的幻景，並奔波於表演與旁觀之間，而樹才

的詩從法國詩歌傳統中找到一種抒情化的抽象意味。較為獨特
的是軒轅軾軻，常常通過排比的氣勢與錯位的慣性展開一種喜
劇化、狂歡化的解構式語言。而這個名單似乎還可以無限延長
下去。

　　1989年的歷史事件曾給中國詩壇帶來相當程度的衝擊。在
此後的一段時期內，一大批詩人（主要是四川詩人，也有上海
等地的詩人）由於政治原因而入獄或遭到各種方式的囚禁，還
有一大批詩人流亡或旅居國外。1990年代的詩歌不再以青春的
反叛激情為表徵，抒情性中大量融入了敘述感，邁入了更加成
熟的「中年寫作」。從1980年代湧現的蕭開愚、歐陽江河、陳
東東、孫文波、西川等到1990年代崛起的臧棣、森子、桑克等
可以視為這一時期的代表。1990年代以來，儘管也有某些「流
派」問世，但「第三代詩」時期熱衷於拉幫結夥的激情已經
消退。更多的詩人致力於個體的獨立寫作，儘管無法命名或
標籤，卻成就斐然。1990年代末的「知識分子寫作」與「民間
寫作」的論戰雖然聲勢浩大，卻因為糾纏於眾多虛假命題而未
能激發出應有的文化衝擊力。2000年以來，儘管詩人們有不同
的寫作趨向，但森嚴的陣營壁壘漸漸消失。即使是「知識分子
寫作」的代表詩人，其實也在很大程度上以「民間寫作」所崇
尚的日常口語作為詩意言說的起點。從今天來看，1960年代出
生的「60後」詩人人數最為眾多，儼然佔據了當今中國詩壇的
中堅地位，而1970年代出生的「70後」詩人，如上文提到的韓
博、蔣浩等，在對於漢語可能性的拓展上，也為當代詩作出了
不凡的探索和貢獻。近年來，越來越多的「80後詩人」在前人

開闢的道路盡頭或途徑之外另闢蹊徑，也日漸成長為當代詩壇的重要力量。

中國當代詩人的寫作將漢語不斷推向極端和極致，以各異的嗓音發出了有關現實世界與經驗主體的精彩言說，讓我們聽到了千姿萬態、錯落有致的精神獨唱。作為叢書，《中國當代詩典》力圖呈現最精萃的中國當代詩人及其作品。第二輯在第一輯的基礎上收入了15位當代具有相當影響及在詩藝上有所開拓的詩人。由於1960年代出生的詩人在中國當代詩壇佔據的絕對多數，第二輯把較多的篇幅留給了這個世代。在選擇標準上，有多方面的具體考慮：首先是盡量收入尚未在台灣出過詩集的詩人。當然，在這15位詩人中，也有少數出過詩集，但仍有令人興奮的新作可以期待產生相當影響的。即便如此，第二輯仍割捨了多位本來應當入選的傑出詩人，留待日後推出。願《中國當代詩典》中傳來的特異聲音為台灣當代詩壇帶來新的快感或痛感。

目次

冬天的獻詩（2014）

長途汽車上的筆記
（長詩2010-2013）

晚間散步
(2012)

湖貝路紀行──為張爾而作

袖珍公園，簡單的偏樓，古舊的桌椅板凳，
加快回憶的頻率：三千轉的大腦，牽引雜亂的圖；
海鮮排檔，洗浴中心，假煙銷售點，都非常溫暖。

改變出走的意義。哪怕從此消失，如泥牛入海；
如顛倒，床榻升天空──雲朵的飄浮，霞光的照耀，
在暈眩中，色之花萼微微張開，雲柱如筆挺立……

什麼在渲染，什麼在遺忘，孤立的，又是什麼？
把目光朝向蜿蜒曲折的海岸，對立的商業，
並沒有譜寫國家的盛世之歌，仍然是流亡的心態，

惹人回望八千里路雲和月──莫須有，語言的雙飛；
莫須有，花間寐──變成細膩的祕密葬在內心，
旁觀者見到的只是肉體變形，在汽車與金玻璃幕牆上。

想像久遠；譏貶的故事一頁頁翻開。憤怒、悲涼？
左右，都是名士，都在世說新語，帶來重口味，
改寫「烈士」的內涵，直到認識宿醉也是一種境界。

呈示無論怎麼過都是一生。絕對的，沒有什麼
可以替代。成就考據癖的好奇，這裡都發生過什麼？
命運的牌局？那麼好吧，就讓牌一張一張攤開……

戲作·成語集錦

出走成遊戲，你玩不累，

虛構地名。終極問題追著跑。

太虛無。我決定劃地為牢，

只讓精神漫天飛。這些都是問題，

像白馬非馬，也像指鹿為馬。

說明語言從不解決人生大事，

都是意淫。為此，你杜撰一場革命，

讓自己身在其中，做流亡的假先知，

「看見了嗎？新詞代替舊詞」。

作為旁觀者，我看得心如刀割。

這不是「總把新桃換舊符」，更不是

唱語言的堂會。那是政客才做的事；

翻手為雲，覆手為雨，誰受得了？

我崇拜「認真」二字，喜歡閉門造車；

語言的輪子飛快轉動，一會

駛入政治地獄，一會開進色情天堂。

兔死狗烹，霸王別姬；羞花閉月，

燕輕環肥。至於談論現實；

有人臨淵羨魚，有人退而結網，

有人假戲真做。讓我告訴你吧，

我把這叫運籌帷幄，神遊八極。

改自龐德

我斜依樹前，看你踩竹高蹺，
你走到我身邊，打我頭頂的李子。
繼續往前走，你就住在村的東頭：
兩個孩子，沒有不喜歡或相互懷疑。
十四歲時我嫁給你，你成為主人。
我從來不笑，害羞，低著我的頭，
當你呼喚，我看著牆，一千次，
我從來不回頭。十五歲時，我學會
皺眉頭，我想要自己與你永遠在一起。
永遠，永遠。我為什麼要？十六歲
你離去，你走到無定河，五年沒有聲訊。
連我們養的猴子也發出悲傷的噪音。
現在的門，苔蘚生長，不同的苔蘚！
秋葉早在風中墜落。成對的蝴蝶
已經同黃色的月亮一起停棲在西花園
的草叢中。鄰居，他們傷害了我。
我長大了。如果你是通過內江回來，
請讓我事先知道，我會出來迎接你。

二〇一二年三月十五日紀事

國家代表大會後傳出的各種秘聞，
他沒有理會。面對著窗外的景色，
他的打量停留在枯黃的草地，
已經長出花苞的玉蘭樹，淡淡的油菜花，
和偶爾出現的遊人身上。夜晚，當遠處廊橋
點亮裝飾性的橙黃色燈，倒映在河面上，
他覺得景象很色情；來往穿行的汽車
悄無聲息的行駛，就像快速游竄的精子。
這些與國家有關？政治的秘聞，暗室中的謀略，
他看到被無權力者一臉正經地討論，總是啞然。
重重鐵幕怎麼可能穿過？它太厚了。
如果關注，各種傳言會像雨後氾濫的河流
衝撞堤岸一樣衝撞人的大腦；有人闖進大使館，
有人昨天位高權重，今天成為階下囚。
何況天氣的變化也不正常，本該春暖花開，
卻降下鵝毛大雪、綿綿凍雨。喜愛戶外活動的人
不得不守著火爐，用填字遊戲打發時間。
要是遵循古人的教誨，「天下之事，匹夫有責」，
肯定搞得人憂心，得出綱紀混亂的結論。
怎麼辦？他在位於兩幢樓房之間的菜市棚，
穿行於眾多買菜的中年婦女身邊時，

思緒的確不斷打滑──蘿蔔、萵筍、辣椒的價格
已超過了豬肉。讓人看著頭痛不已。
他能知道的是，多日陰雨後，河水變得渾黃。
有時候，幾個垂釣的人出現在岸邊。
仔細觀察，他覺得每一個人都是姜太公。
他清楚，不能把這樣的景象看作清明上河圖；
它過去是社會表象，今後仍然是社會表象。

壬辰年三月斷章‧字字變

暗下來，窗外的景色開始轉換，
在水中顯現。魚還在游？在倒影中游。
至於汽車，恍惚中已開上了天；
一朵烏雲內部。這就是說：你仍然在睡；
倦縮的身體，讓我看到回歸母體的可能性。
最純潔……。那麼好吧！我用文字
所做的工作是什麼？做夢已經開始──
確定從潮濕的路蔓延到警亭閃爍的紅燈結束。
藤蔓的纏繞必須。花朵的凋零更必然。
至於「喵喵」的叫聲，有，可以，沒有也行。
──而當夢停下來，我需要的
是沉思：一段時間對家國這樣理解：
眾人的道德，不是我的道德；別人的憤怒，
成為我憤怒的推動力。但我知道，
收縮才是有益，把大變小，廣闊變限制，
我應該具體代替抽象，譬如一條狗
帶來傍晚的溫馨。或者，推車叫賣饅頭的聲音
把人帶回幾十年前。回憶，是被容許
自我穿越時間，用普遍的人性來看待萬物，
不需要圖表，也不需要統計數字
──我因此說，很多東西對我是不必要的；

我從來不參加關乎利益的聚會，不會穿著西服，
把自己打扮得像官員一樣。就像有人
關心女人的長相，我關心自己靈魂的逍遙，
現在和將來，我在其中體會到的快樂，
不用告訴你，你肯定知道有什麼意義。

20世紀七十年代前期

領袖的命令使我從城市下放山裡，
在原來為牲畜修的房屋住下，開始改造
靈魂，把風聲聽成下雨。喝得濫醉時，
像一片青杠樹葉從山上飄到山底。
成年婦女裸露的乳房嚇得我從少年變成男人。
半夜偷菜時，坐在柏樹林中琢磨人的劣根性。
我關心的不是國家什麼時候換領導人，
是如何解決青春期的苦悶。為了鍛練身體，
也是為了壯膽，不停的站在水庫的懸崖練習跳水。
每到公社趕集，背包裡揣著三角刮刀，
守在劍門關的古亭為的是撿一隻煙蒂。
與人打賭穿過墳場，是要證明贏來的豬肉好吃。
把一隻烏龜墊在床角，半年後發現它仍然活著，
像一個警告反射出我應該活的方式。
我還在玉米地抓蛇，用牙齒咬破它的皮，
看它中毒的傷口慢慢腫脹，然後死去。
也曾把健壯農民的手臂用扁擔打斷，
以此證明自己也能把秧苗插得像卷尺量過一樣。
穿著露出花絮的棉衣用背簍背潮濕的牛糞，
糞水滴淌透過衣服與汗水混合在一起。
雙腳長期在田裡浸泡就像煮熟了剝皮的洋芋。

長夜裡，我苦惱的是一本宋詞選被翻得破破爛爛，
不想翻動時，坐在屋簷下數天上的星星，
不懂天文學，我分辨不出天蠍星座的位置，
獅子星座和仙女星座又在哪一個方位。
而我的房門正對著的山峰，因為有軍艦的造型，
無論什麼時候看，都猶如在天空中航行，
讓我覺得自己越加渺小，湧出莫名悲傷。
在悲傷的驅動下，我曾經面對著千年古柏跪下，
好像它的內部有能夠聽懂我抱怨的神；
除非命運有轉機，否則我不想感激生活。
我的確在連續幾個月沒有蔬菜吃的日子裡，
詛咒生活就像乾涸的堰塘裡腐臭的死魚。

壬辰年五月斷章・古調笑

燃香品茗，焚琴煮鶴。
六月的一天，這成為我的的願望。
逆思，我沒有到達清雅的境界。人堆裡，
我是那個要在現實和商業中找到詩的人。

閉門造車。我不會那樣。
我喜歡遊走在店鋪連成一片的大街，
叫賣聲此起彼伏。我仔細辨聽，
竟能聽出「霓裳羽衣舞曲」的古老調性。

我把這看作商業的宮廷聚會。
店小二，我對他彎腰笑臉相迎印象深刻；
那是利益的騙術？不過，騙術就騙術吧。
我又不購買什麼，只當作看一場戲。

我不反潮流。不反……這是我的原則。
當我身邊的人說出「革命」一詞。
革誰的命？姦淫幼女的官員。這個我同意。
那是一些衣冠禽獸，應該直接在廣場凌遲。

至於其他的，我把握不準。
不在權力的中心，我不能對黨策、國策
發表意見；我能對「十八大」
說什麼？換黨魁的事，我真的搞不懂程式。

我能知道的是物價飛漲；今天的蔥價，
是去年的肉價。去年的蒜，今年已經
變成了雞。我走在路上，就像
走在要留下買路錢的宋傳奇裡；格外小心。

所以才有前面的願望。我的意思是
儘管我愛熱鬧，已經熱鬧不起來了。只能
把想像當成現實，用別人的風流裝飾自己。
其實，我哪裡有鶴可煮。又不是鍾子期。

壬辰年閏四月斷章・破字令

一個人獨處。烏雲壓在屋頂，

河流發出低低的吼聲。一棵樟樹

搖晃的像癲茄病人。與我內心的

景象特別一致。只是我的內心

還有一條街，一幢籠罩在霧霾中的塔樓；

它們在飄浮的模樣，就像關於末世的

電影畫面——這是怎麼啦？

我的另一個我，發出疑問——

回答，當然是沒有的。於是我改變眼前景象，

一縷光從雲的裂隙透出，灑在一座山的南坡。

一輛轎車滑過亮起橙色燈的景觀橋。

幾個穿著日本卡通圖案體恤的少年，

在橋邊的石頭雕塑前，嘻笑著追逐打鬧

——我內心的畫面亦因此變換。在我的屋裡，

字典被穿窗而入的風翻得嘩嘩響。

桌子上的手機鈴聲突然響起。我接通了。

這是來自幾千里外的人聲。

我聽到他說：喂喂喂。然後就沒有了下文。

在我耳邊，電流的呲呲聲，刺痛神經。

——很詭異嗎？但正是它們導致了這首詩

的產生。我突然意識到我已很久沒有見
任何熟人。很久沒有與認識的人聯繫。

壬辰年閏四月斷章・一落索

反復無常的涼意突然消失。
地球變化的事實在生活中寫下恐懼。
我不管這些。坐在狹窄的屋子裡
回答朋友提出的問題。第一，
我不當喇叭；第二，我培養孤僻；
第三，我就不說了，因為她在天上掛著，
雖然不是天蠍星座，也不是天琴星雲。
不過對我來講可望而不可及。其實，
你不知道這些天我研究的是什麼問題，
神經痛、系統崩潰，和政治的關係。
這種研究讓我看到了體內的器官
已發生的變化，每一次疼痛帶來的政治性。
以至於走在路上，迎面而來的人，
我會猜測他是計畫生出的人，或者不是
（「超生」，一個可怕的當代詞彙）。
我曉得這相當無聊，也曾經怪罪一些傳聞。
不過現在這些都不重要了。現在重要的是
我從別人的眼睛裡看到的無情，
不過是命運的變體。同時隱含活著的
終極意義；人，最終是要選擇的。

就像選擇喝茶或者喝水。我已經做出
決定，在烏雲中尋找與它的同一性。

壬辰年五月斷章·玉京謠

噫吁唏。一串音節，不是蓮翹，
也不是一座有古舊亭閣的木橋。
噫吁唏。腦袋裡一扇門打開，
電視塔迎風晃動。為什麼？這是
意識的流動。噫吁唏。在這個傍晚，
它帶來的景象還有很多：一座高樓，
太陽正映在玻璃牆上；一條街道，
被汽車堵塞；一家酒吧，麥克傳出吼聲。
而當我說不需要再多。噫吁唏。這串音節
結束在一朵藍色花上。它被一隻纖細的手
捧著。我說：明天這朵花會枯萎。
我覺得我看到了枯萎，看到它從纖細
的手中滑落到泥沼地。噫吁唏。
我更多地是目睹語言的腥風血雨；炸彈橫飛，
瓦礫遍地，斷肢掛樹上，通往鄉鎮的路堵塞，
沙包、水泥墩、報廢汽車和憤怒人群
組成的圖景，讓我想到大火彌漫的某某會戰。
能否不這樣呢？噫吁唏。就像面朝報紙，
我看到海的寧靜被艦船聲打破，
白色浪花翻捲，幾十隻不明事理的海鳥，
在船尾追逐著上下翻飛。好景象啊！

高清晰攝影記錄下成為藝術品。噫吁唏。

問題是同樣在觀看,每個人看見的大不一樣;

就像有人看見鮮花和美酒裝點宴會大廳,

錦衣者春風掛在臉上,彈冠相慶。

而有人看見的是一場颶風捲走很多屋頂。

對此,我能說什麼呢?我只有噫吁唏。

杜甫如是說

他們把我搞得很忙；講座、大小會議，
還有這個那個節慶。一年三百六十五天，
有三百天我都在天上飛。連我的朋友，
譬如某某，都很久沒有互通消息。他還到處
與人狂喝嗎？想來這是必定。不喝，他
寫得出詩？至於我，忙之餘，有很多人找我，
要我幫助他們。最奇怪的是，他們畫我的像，
放在微博上，這下不得了，不到十小時，
就被PK出教授、樂隊指揮、職員、廚師……
幾十種身分。可怕的是我還成了同性戀，
與某某搞基。這都是什麼啊？從二十九歲
到長安考功名算起，二十幾年時間，我經歷了
考場失意、國家戰亂、攜妻拖兒逃亡的日子。
除在成都過了幾年寄人籬下的安閒生活，
人生可謂失敗，沒有垮掉，主要是還在寫詩。
我知道後來的人把我稱為詩聖。說我寫出了
我生活的時代最偉大的作品。他們哪裡知道，
我是用寫詩忘記現實的艱難。我寫了
〈秋興〉、〈登高〉，寫了〈戲為六絕句〉。
但，這有什麼？如果你經歷過我經歷的
在蜀道跋涉，長江漂泊，或者長時間

被困在船上，聽雨打在竹棚頂，有家不能歸，
難道你不感慨萬千？我不過是面對艱難
的生活，心裡有話要說。我寫的時候並沒有
想那麼多。詩，發乎於心聲，我只是寫出了
自己想要說出的，對我來說救命的文字。

壬辰年六月斷章·千年調

普遍的幸福——辭典中的文字。
與人民不對稱、蹺起。引發的怨氣，
都很具體；警局中的刑訓，開發區
的強拆，有人汽油淋身，上房頂，
做出誓死保衛之舉。有人跋涉萬里上訪。
至於地溝油、毒膠囊、蘇丹紅、二惡英，
已成為談論中的反諷，一個民族
通過吃百毒，修練金剛不壞之身。
我曾經說過，要從日常的生活中提煉詩意。
它們有詩意嗎？不風花雪月，不高邁雅致。
讓我的提煉變得猶如在向著粗俗靠攏。
真是糾結。其實我很想寫清風明月，
也很想寫高山流水。與人酬唱酒、琴之事；
凝雁翔空、觀魚戲水、求思想
羚羊掛角之跡，揭事物至意象之本質。
只是身處庸世，入目盡是政治攪動心靈之局。
連空氣都有問題，所謂天降雨、雹、雪，
都有了化學元素週期表的意味。
叫我怎麼能夠淡定。何況，我非古之賢者，
能辭官避世隱匿自己，居偏僻鄉野，
深入茂密山林，聽泉濺脆響，鳥鳴麗音。

我甚至連反對派都不是，不享受國安
請喝茶、貼身保護的待遇。我只是日日家居，
上菜場，入超市，心裡盤算醬油，蘿蔔白菜，
豬肉的價格。還要保持高度的警惕，
不要買到吃了會上醫院的東西。我不寫
這些寫什麼？心跡，繞此而行。看起來
很被動。但我已決定，就這樣被動寫。

壬辰年七月斷章·鋸解令

短句：風、雷、雨。滑動的手，
指向地名：沙丘、漫水石墩。孩子，
我的思想哪！你讓我幹什麼？搖晃，
彎曲小巷，雜亂晾衣台？我受不了這樣。
集中精力我應該專注，像神聖鳳凰，
為自己而涅槃──我應該忘記我。
記住城市、汽車、法院、學校、同行，
電的價格以及水是否潔淨。我應該在人世，
關注混亂：左、中、右。甚至飯桌上
也應該與人爭論島嶼權、戰爭。
或者，樓、庭院、分成──可是不行！
如同一次買賣使整個國家怒氣上升，
你說出的幾句話就摧毀了我。讓我哪怕目光
盯在書上，看見的也不是思想、歷史。
是通往亂的溝壑；遙遠之海、窄門。
是的，太窄的門了，連一個完整的句子，
都擠不進去──譬如純善是不存在的。
再譬如，純粹的路通往一個人的國。
所以心臟、沙礫、切割。都是絕對。

壬辰年十月斷章・解語花

空曠廣場，雨，低頭的行人，
是我的風景——哲理侵入的時候，
我將之摹寫在紙上；影射孤獨。
意思是，瞧，我閑得無聊，很空虛。
轉過身，一座橋解釋「宏偉」一詞的含義。
下面濁水奔流。也有隱喻：破壞正在發生，
一片河山一片流失。只不過十一月後，
我有了新工作，每天學習怎樣重新認識風景；
我發現社區樓下停放的汽車多了很多
——標緻、福特、斯科達、雷克薩斯。
至於你，從早晨起床到晚上躺下，不停地修補，
挎包、床單、座墊、毛巾和衣裳。
還在牆上貼裝飾性的，花花綠綠的卡通圖。
生活就此呈現出變化的意義——
倒退著走——你說看到了童年的理想。
對此我當然不否認。我其實也想這樣。
甚至更有甚者，我在紙上虛構各種不同的世界
——雪鋪滿東山，林中現麂子蹄印。
我作為遊客，毫不吝嗇的說出誇張讚辭。
意思是否定自已。這些，是這個早晨的豐富性
——再向哲學的深處延伸，

人們會看見一個人的靈魂可以脫離自己的肉體，

像盆景中的茶花，在冬天也燦爛開放，

或者像鷹隼，盤旋在自我的虛空中

——而要是我把這一切說成對國家的寄望，

意思是，我們是在現實中尋找超現實

——就像我曾在鐵幕上看到窗戶和門。

平安夜

平安不平安取決於你的文字；取決於文字後面的冷、憂傷，個人的孤獨。這些可以述說，也可以硬生生嵌在腦袋裡，成為製造想像的材料；（冰盤一樣的光線下，對窗外景色的凝望已越過千山萬壑。一座又一座城市不是安放靈魂的地方，天空也不是。雲朵，變幻的形狀，雖然能成為想像的出發地，但能否比一條河流更生動；如果恰恰有一扇窗戶面對平靜的流水，讓你看到鷺絲的翻飛和搖晃的倒影⋯⋯）但是，不！因為世人都在期待夜晚的焰火和美酒，都在期待送禮人從夜空降至夢中，光之門打開，自由像甜進入身體。

壬辰年十一月斷章・劍器近

沒有人欣賞的雪不是雪；沒有人
踩過的雪也不是雪。當你在紙上說，
蒼茫、空曠，那是你心裡蒼茫、空曠。
想到作為詩人，你必須不停地寫，
這我可以理解你。但是，你應該
寫得具體一些；小雪或者大雪，
它怎樣落在了你生活的城市，堆積屋頂，
在路上被汽車碾壓，夜晚結成冰。
要不就是你到郊外雪覆蓋的地裡
看走過留下的腳印。你堆雪人嗎？這是應該的。
堆積它你能體會玩的快樂。這些你詩裡都沒有，
讓我怎麼相信你寫到的雪是雪？
如果你硬要告訴我你談論雪，是談論雪的哲學；
譬如雪的白比白更白，白到虛無空洞。
或是談論語言的可能性。我只好說：我不相信。
世界上沒有絕對的雪，孤立的雪，形而上的雪。
如果我寫雪，今年的雪不是去年的雪，
三十一號的雪，也不是二十九號的雪。
就像我在溫暖的南方，得知北方狂風裹著暴雪，
造成了房屋坍塌，立交橋下夜宿的打工者被凍死
（朱門酒肉臭，路有凍死骨？）。

首先想到的是雪與災難、命運的關係。
然後想到的是我待在南方，不必在寒冷中
走在雪地（我領教過不安的感覺）。
經驗讓我知道，暴雪會使很多人驚恐地談論。
因為沒有身臨其境，我現在只能談論南方
陽光下的大榕樹、紫荊花和霸王棕櫚。

蝴蝶效應
(2013)

蝴蝶效應

彎來繞去，我把蝴蝶說成女人，
把女人說成妖精，把妖精說成老虎，
把老虎說成官吏，把官吏說成閻王。
再進一步，我還能說什麼呢？
這需要問你。不問也行。我也可以
反過來把閻王說成官吏，把官吏說成老虎，
把老虎說成妖精，把妖精說成女人，把女人
說成蝴蝶。天道周而復始，我們不過
是在語言裡打轉。一個詞追蹤另一個詞。
或者說，沒有一個詞是它自己。
由此，擴展開去，如果沒有戰爭這個詞，
就沒有和平這個詞，沒有獨裁這個詞，
民主這樣的詞也就沒有必要存在。
如同你說男人這個詞，必然有女人一詞跟隨。
你說好這個詞，壞這個詞的出現便有了意義。
你說貞潔這個詞，必有淫蕩與之對應。
這使我有時候說到蜥蜴，其實是在說到蒼蠅，
說到蒼蠅，其實不過是在說到噁心，
說到噁心，真正的意思是說生活環境。
譬如現在這首詩，雖然是從說蝴蝶一詞開始，
但我知道它最終到達的是政治一詞。

而當我對政治一詞分解，無數另外的詞
可能代替它；譬如霧霾、冰雪、山崩，
或者代替它的是熊貓喝茶，烏鴉唱戲。

我們的現實

詞不夠了。幽晦的身體下面，
你永遠不知道還隱藏著什麼。
靈魂，一個很陳舊的詞，說明不了
這個冬天發生的事——它是一輛轎車嗎？
雪凝結的路上，下一秒會不會打滑，
你無法預料——猜測，你能猜測到什麼？
你也不能將之想像成深廣的庭院，
或是一種遙遠的宗教；圓形廊柱、彩繪玻璃，
以及雕花床榻；古老的風琴正在唱頌中響起
——這太荒唐？一個幽晦的身體
實際上是堅固的堡壘，祕密的王國
有複雜的本能、欲望——對於你它是地獄，
對於別人它是天堂；這是命運的兩極
——如果你真要走進去，也許
看到的是思想的牢獄，隱藏著絞刑架、老虎凳
——而迷失會發生嗎？這樣的疑問，
就是問一萬次也不能算多。還可以向更多方向
延展——就像人們總是談論著星相，
將之說成靈魂的對應體——你能真正瞭解
高懸在夜空的飄渺光團？其中物質的運動，
能夠對應身體經絡的運動——進入，

難道不是妄想，不是詞的虛假的願望嗎
——應該停止了——啊！幽晦的身體，
詞到達不了的地方……，是詞的墓地。

投毒時代的輓歌

下墜，不是一個單純的詞。下墜，

是一股巨大的力，在你的身體裡產生。

但你能怎麼面對著別人述說？

下墜，從肺到肛門，疼痛的感覺時隱時現。

這是身體裡最骯髒的部分，是身體的垃圾。

太苦惱了。太無奈了。讓你站不是，

坐也不是。讓你不得不想，一個人的身體

其實並不屬於自己，它是細菌的國家。

有細菌的田園、細菌的牧場，甚至細菌的城市。

現在，它們要幹什麼呢？是在放牧自己的

羊群，還是種植自己的罌粟？或者是召開

自己的政府大會。總之，總之啊！它帶來你的痛苦。

讓你不得不想像地獄；幽晦樹林，陰冷河流，

還有灼熱火焰的城市。走在其中的全是認識的死者。

它們構成你身體內的景。難道沒有另外的景；

塑膠、鋼鐵、玻璃的風景？它們鍛鍊著你。

使你不管是醒著，還是睡去，都看到身體

已經猶如劫後戰場，腥風血雨。但是你也看到了

越是這樣，你的靈魂越是嚮往著另外的景色，

綠茵如蓋的草地，花香四溢的森林。

河流、湖泊，鳥魚，或者明鏡一樣的天空，

雪白如花的雲朵。就是夜晚來臨，亦繁星閃爍。

這是因為，你需要的是上升而非下墜的感覺。

攀援，命之奧義？只是這樣的問題屬於時間。

也許只有死神降臨的一刻，才會出現答案。

但是，到了那一刻，一切，還有什麼意義？

改自〈在永載墓〉

悲痛仍然新鮮。
但十二年之後，
土堆已經崩潰如秋山。
你沒有尋求安慰
去追求正確的道路。
即使現在，你
仍可以不離棄你的愛，
學習像大雁一樣
在明確的天空，
甚至更遠，與雲一起
廣為流散。所以，
躺在這裡不要傷心了；
雖然活著你喜歡
人潮。並從不避開。

現實・想像・及其他

烏雲、低氣壓，從南方來的
一場雨（你說，不要用「死」寫詩）。
窗外，樹已經開始微微地搖動。
我等待十一點半出門，去醃滷鋪買鴨脖，
藕和筍。簡單生活，離書本很遠，平庸很近。
這樣，緊縮一下時間，再學習先秦史；
分裂、聚合、毀滅、忠誠與背叛，
動盪的故事，從血脈上澄清我們的來路。
你今日看見的一切，其實早有預兆
（這樣對不對，仍然無法肯定）。
直到開門下樓，走在濕漉漉的街道上，
汽車濺起的泥讓我突然想起，如此是否錯了。
我應該關注形而上世界；星座與命運的聯姻，
或者，國家的走向就像早晨起來打開的電腦，
第一眼看到的總是無數人的焦慮；
他們憂心忡忡談論的，不是人為的災難；
飛機墜、橋樑垮、水汙染。便是可怕的對抗；
憲政，以及反憲政。死刑，或反對死刑。
西瓜帶來的暴力，炸彈帶來的自殘。
（說明危險就像瘋狗徘徊在我們身邊）。
唉！混亂……（「死」，確實難他媽談論）。

它們使我抬頭仰望，看到烏雲猶如獅子
追趕著羚羊。我等待更大的暴雨降臨。

夢・天氣預報

風大，或者很大的風。預示雨
馬上會降下來。關窗閉戶，隔著玻璃，
觀察外面樹的顫動；猶如攢攢的魚群，
也像擠成一團的小鴨。偶爾能
聽到飛機的轟鳴傳來，想：它還敢飛？
進而聯想幾個學生的死亡，青春的火泯滅。
不幸隨時都在發生。然後說：喝茶；
竹葉青，溫潤舌尖。隱匿，隱藏、隱蔽，
像什麼呢？只覺得世界一下子真遠！
不關心的事可以不關心。棱鏡計畫，熱帶氣漩、
公債運動。失去國籍的揭秘者算什麼？
肯定比不上山上滾下的石頭，衝破堤岸的大水，
掉下斷橋的汽車和人。更比不上內心的飢餓，
對歷史的無知，不能進入暴亂的中心，
也沒辦法看到讓人震驚的屠殺細節。
哎呀！複雜的腦運動，帶人朝幽暗的方向前進。
不好！想像必須緊急制動。就像古語
防患於未然。畢竟頭腦不是倉庫，也非廣場。
遮罩、拉黑、選擇性接觸，都是好詞。
那麼好吧，烏雲、風雨、香樟、棕櫚、枇杷，
就用它們組成這一首詩。應該相信下一刻鐘，

由它們呈現的景象，將是一幅精彩的畫。
由此告訴讀者，雨還沒有降下之前，
等待的過程，也許長過制度，長過語文。

觀影記 *

表面的浮華，指向隱密的目的，

為了找回在時間中失去的一切。

讓我們看到內心對愛的渴望。

是它，帶來最後的悲劇；死亡的來臨，

太慘，給了我一個晚上的憂傷。

我想到是「反其道而行之」使他這樣。

他的行為，就像要讓落到地面的雨水，

重新回到天上；也像要讓參天大樹，

變成幼苗，再一次慢慢生長。這怎麼可能？

唯美的畫面；無論是站在伸入水中的欄橋，

把手伸向夜空想要抓住遙遠的燈火；

還是中彈瞬間，用疑惑的眼光看血從身體流出。

似乎說明他要的，自己並不懂得。我們懂了嗎？

個體生命，別人看到的永遠是表象。

就像我，拼命愛人，得到的是更加孤獨。

讓我相信我只是在錯誤中度過一生。

這就是所謂的人的宿命？如果是，

我們能怪誰？冥冥中的上蒼，還是自己？

其實責怪有什麼用。在這個夜晚，

* 此詩為觀美國電影《了不起的蓋茨比》的記述。

當電影散場後，我獨立走在下著濛濛細雨，
沒有人跡的街道，穿過行道樹投下的陰影，
回到家中。我知道他的故事並不能
警示任何人。我還要在我的路上走下去。
現在是一個人走，以後還是一個人走。
我會遭遇到怎樣的死亡，它美不美麗？

環境詩

桂花的空氣，蜂蜜的空氣，
我必須敞開嘴大口呼吸。我讓我
的身體裡裝滿它們——美，流動
——美是奢侈——平日裡，
我的身體裡裝了不少二氧化碳和灰塵。
它們是破壞的大軍——我非常痛恨
——就這樣，有人還說我幸運，
沒有在敘利亞，沒有吸上一口沙林毒氣
立即斃命——奶奶的，他真是好狠毒啊！
不說吸一口，我聽說敘利亞的事，
看到互連網上貼出的被毒死兒童的圖片，
心裡已經嚇得半死。那些狗日的施毒者，
太可惡了——我說，這是為什麼？
非要把大地弄得像他媽的地獄——
我一直想躲得遠遠的。如果火星可以躲，
我要上火星——現在，我是退而求其次，
在桂樹下，站在養蜂人的箱子旁，
一邊觀看，一邊張大嘴拼命呼吸。

繁體字

繁體，豎排，緩慢的閱讀──

我碰上的是無數古人的靈魂；

我碰上的，是舊地理，舊的祖國

──疑問，他們在哪裡呢？

山陰道上，或者黑燈瞎火的鄉間小宅？

但是，我分明看到了一種喪失

──居於一隅而心憂天下，

吃穿可慮而壯志如磐──感動、自審。

如果我處在他們的位置，能否像他們一樣

苦讀、窮經，看到天下的錯誤，

議論、鞭笞，與權力格格不入。

當枷具與囚禁落在身上，沒有絲毫懼色，

身體裡裝著虎豹膽──我默然

──我說：太遙遠。要是我也在那裡，

我會做追隨者。現在我只能在字裡行間追隨，

翻越文字的山巒，領教其中的關隘，

歧異的陷阱，並跌倒在生澀字的坑窪中。

看到時間的可怕──太可怕了，

正在輕輕地抹去他們的清晰。

遺忘，從不識字開始──讓我的淚水

湧上來──如果不趕快彌補，我知道，

我會離他們越來越遠。越來越遠。

遠得就像隔著閻王、牛頭與馬面。

昨夜西風……

昨夜西風凋碧樹，帶來壞消息

──刑拘、失蹤──汙染我的眼睛

──我想起一夜白頭的舊事。

多少人為家國皺起了眉頭，仍是無奈

──我只好翻讀老書，從春秋到現在，

文字一直左衝右突，想要拯救自身。

但到了今天。它還是一種重罪，

屬於夜晚的喃喃自語。讓我唯有黯然。

同情嗎？沒有用──它已經成為可怕陷阱。

一不小心，誰都可能跌進去──

讓我看到塑造了多少冷漠和無情。

事不關己──真不關己嗎？隱然的血腥味，

越來越濃──我不能不感到恐怖──

唉呀！望斷天涯路，我真的看不到什麼了；

影影憧憧，憧憧影影。一幅幅怪異的畫卷，

我仔細地凝視，呈現在面前的，

竟是魑魅喧囂地行駛在街道上──

而我希望的卻是風花雪月。譬如啊，

譬如伊人正走來（桃李不言，下自成蹊）

──可是，可是，連她亦失去消息。

九月

我說過到了九月，精神的復甦

將會發生。為此我用了一個夏天等待，

把全部精力放在與酷熱的對抗上。

事實果真如此。當身體感受到秋風的到來，

有了涼意。我只要坐到桌前，稍加思索，

短短的十幾分鐘就能寫出一首詩。

每一個句子都似乎自動冒出來，

像腦袋中有語言流水線在平穩、有序地運行。

我並不知道為什麼會這樣，但已經欣然接受。

並告誡自己，對任何事情不能強求；

譬如寫不出來時絞盡腦汁也要硬寫。

過去我這樣做過，但是效果不好。

一首詩的出現必定與我們體內某種物質的變化有關，

而物質的變化又與自然的變化有內在的聯繫。

這是不是神祕呢？的確非常神祕。

這種神祕就像面對蒼穹，不管怎麼仰視，

我們也無法參透它的浩淼中到底存在著什麼；

哪怕經過長久的凝望，我們以為已瞭解某個星座，

譬如天蠍星雲，最後發現事實根本不是那樣。

我已經不再像年輕時碰上寫不出來後人變得焦慮。

我已經可以幾個月，甚至半年不動筆，

像遊手好閒的混混，整日裡不想寫詩的問題，

只是讀讀書，或者沉溺於吃喝玩樂。

這個夏天，我參加過多少次聚眾宴飲啊。

有幾次甚至喝到東方既白。好像自已真醉生夢死。

其實我知道，那不過是在等待新的開始。

就像寫這首詩時的過程就是這樣；

我從上午淅淅瀝瀝的下雨聲中醒來，

打開窗戶，看到被淋濕的樹葉發出油亮光澤，

呼吸了幾口潮潤而帶有草木味的空氣，

轉身回到桌前一口氣便寫下了這首詩。

讀《論語》有感

語言的狂風掀翻大樹。

這是想像嗎？在信仰的轉彎處，

你製造的風景讓我感動。

觀看者，對洶湧寄於希望。洗淨自己。

但是不能客觀。這就對了。要客觀做什麼？

只有內心的風暴才會摧毀人世的美。

甚至摧毀自己。所以，走吧……

文質彬彬地走在語言中，建設自我的防風港，

哪怕最後呈現的是石頭的嶙峋。

不要怕。要習慣猙獰。習慣，是偉大的情愫。

必須養成；就像與狗相處，而養成愛它。

是的，已經愛的，還應該繼續愛；

譬如愛旅行，在未知的路上尋找奇異的風景。

愛靜默，在冥思中看到紛亂幻象。都是對的。

至於生活，一簞一瓢，太簡單了。

那是弱水三千。相信吧，都會消散於無形。

就像此時此刻，等待才是長遠。

下一步，當更猛烈的語言的颱風到來，

瓢潑之水出現眼前，一定是另外一種景觀；

即使世界動盪起來，亦不會吃驚，

而泰然處之，就像自己已是烈士。

汕尾捕魚記* ——為劉鋒而作

剛才它們還在我們

看不到的水底自由自在游弋。

現在卻暴露在我的眼前。

我欣賞著它們的美;

真是很美,銀白色,流暢的線條。

它們更慘的噩運是過一會被烹飪,

擺上餐桌,進入我們的肚腹。

有什麼辦法呢?在大自然的食物鏈中

它們是我們享受的美味。

有人說,吃它們可以使人變得聰明。

我們真的已經變聰明了嗎?

仔細探究,我無法得到這樣的答案。

因為在另外的事情上,

譬如在我們生活的社會裡,

很多時候我感受不到人的聰明,

而總是看到我們的愚蠢。

幾千年來,文字記載的歷史,

好像非常豐富。但是,國家的建立,

*二〇一三年十月,與畫家劉鋒等人遊汕尾,在小漠灣花六百元請漁民下網捕魚。一網下來得魚五十餘斤,此詩記其事。

朝代的更迭，帶來的城市毀了建，建了毀；
以及現在，為了享受對環境的破壞。
如果可能，再長的海岸線也能被
圍成度假的沙灘（有施公寮、小漠灣為證）。
似乎說明，聰明並沒有與人類發生關係。
只是讓我們的胃口變得更加貪婪。
說實話，我也應算貪婪的一員。
但我知道大自然的懲罰還沒有到來。
所以，今天我坐在餐桌旁，
仍然心安理得地大快朵頤。

論自然

一個死去，又一個死去。

還有風中沒到達的一個、兩個，

甚至無數個死亡的消息。

蜂擁而至的還有悼詞；

真誠的、虛假的、裝知己的說辭。

這個世界，沒有誰的死是死之外的死。

沒有誰的死，是不能死的死。

早一天，或晚一天，早一年，

或晚一年，都是必死的死。

尤其是那些被說成世界的損失的死，

或者被看作改變歷史進程的死，

我知道，這樣的說法不過是自欺欺人。

時間、生命、自然法則。我們看到什麼？

沒有誰能夠讓消失的不消失；

它凸顯了萬歲、萬壽無疆等口號的滑稽。

可憐啊！我想起我出生的城市，

它都已經不再是過去的模樣；

青石橋已看不到橋，騾馬市已看不到騾馬。

老南門碼頭，哪裡還能看得到船隻停泊。

至於河流，好多條已經消失。

但是，這些地方現在真是熱鬧啊。

每次身臨其中我都頭暈目眩。

當然，我每一次見到的不是同一群人。

上一次見到的很多人已經死去。

所以，一個人死去，又一個人死去。

死亡消息來的再多我都保持沉默。

我只是看別人哀悼，聽別人哭泣。

失眠詩

躺在床上，裹著厚厚的棉被，
很久沒有入睡，腦袋成為萬花筒。
想什麼呢，女人？的確出現過。
也出現過一座車站，一個機場，一家旅店。
還出現過烏鴉，老鷹，以及一群麻雀。
拼成了混亂的圖畫。有怎樣的寓意呢？
會不會暗示著什麼？睜大眼睛
盯著天花板我反復地想，甚至思緒
延伸到白天翻過的幾冊書中；
怪誕的文字在寬和窄上糾纏，並把門和窗比，
最後將結論引向生與死到底屬於哪一種哲學。
說實話我搞不懂這種東西的意義。
就像我搞不懂為什麼睡不著一樣。
很可怕。我只好坐起。也許應該吃點東西，
蘋果，橘子，火龍果，或者乾脆下樓，
到公園旁的樂園街吃一碗腸粉。
可是，當這些食物在眼前晃動，引來的
卻是胃的痙攣。連耳朵裡也似乎充滿鳴叫聲。
再一次，我彷彿置身在一座廣場上
（語言的集會，幻象的對抗，全在上演；
是人獸之爭，也是人與機器之鬥嗎？）。

我的身體內，的確好像存在一座廣場。
永遠像……但它能不能猶如一座醫院？

租房記*

——為介詞而作

上山，下山，再上山，
終於搞定——站在夜晚的涼風中，
你們討論遠景；隱、中隱、大隱，
與這個世界的距離要開始拿公里
丈量了。與樹林的距離需要
另外一種計量方法，主要看身體的狀況
——很好啊！你們說——就像去年
在通宵營業的海鮮館，你們一起憧憬，
在涼蓬下喝茶，聊天，談論別人的八卦，
直到暮色降臨。你們也想像到了，
自己會望著落日發呆，研究麻雀的飛行，
以及狗的狂吠。除此之外，
你們還設計了當有人造訪，自己已不知道
怎樣與他們交談。只好說：睡，但心裡
卻想著怎麼睡？這中間的距離，
究竟包藏多少人事？足夠他們思考一生
也搞不明白。人生，太大的空間了，

* 二〇一三年歲末，張俪、萊耳、橋合租深圳溪湧洞背村一
農戶三層小樓，此村安靜、整潔。此前已有深圳「舊天
堂」書店合夥人介詞先期租住此村。我亦與張俪搬入所租
小樓。

你們可以看到的山河，或者逶迤，或者險峻。

可以看到的人，或者窮困，或者富麗

（猶如穿過山坳的涼風，讓人警惕）。

就像你們看到一個人睡，與孤獨在一起。

但是，卻不斷想像著雙棲雙飛。

這關乎著色情，又與色情沒有關係。

只是糾結於對生命與時間的理解。

年終總結

總結。拿什麼總結？三六五天，
從南到北，從北到南，狂奔。
走過很多省份，見到很多山水，
村寨、梯田、矮小的少數族裔（不是貶低）。
也曾躲在屋裡一個月不出門，與想像廝混。
然後到鄰近大海的山中，坐在院子裡，
望著天空，或湛藍，或烏雲起伏，風掠過樹頂
（不談論它們的美，也不談論它們的猙獰）。
別人的事？一個同行死亡了，又死亡一個，
驚起很多哀鳴。還有國家暴力帶來的燦爛圖景
像罌粟一樣。問題是，必須戒。
戒，成為主題辭。警惕、迴避、沉默，
把精神導向虛空的一隅。哪裡呢？聖賢的故事，
流言蜚語，想像的異域。當然，並不管用
（都不是真相，也沒帶給人精神安慰）。
漫長的，太漫長的，仍然是一秒與永恆的對立。
同樣消耗生命。哦！消耗！骨頭的痛，
就像雞鴨啄蛆蟲。平庸的惡，誰能夠解釋。
給人等待的假象（天上掉餡餅？）。那麼好吧，
還需要的是什麼，一頁頁撕日曆？不！不這樣。

而是睜大眼睛在白日夢中看另一個自己，
正走在語言的歧路上，一步步苦逼跋涉。

冬天的獻詩

(2014)

冬天的獻詩

坐在風中抒情。為冬天能夠置身戶外在院中寫作
──剛才，鷹在頭頂盤旋，雲的形狀猶如飛天；
剛才，所有聲音都像來自飄渺──我決定打開自己，
澈底地，像打開一座倉庫，把五十年的命運攤開在桌上，
研究自己怎麼走到今天這一步：遊蕩，寄居，彷彿
是局外人──狗日的，太複雜了。我感到冷意；
萬物開始搖晃，就像竹竿搭的曬衣架在風中不停晃蕩，
不成正常的比喻；也像鄰居拋棄的小狗想進入院子，
隱藏著什麼樣的象徵，抑或提示。讓我知道未來
不可預知。有什麼必要瞭解未來？客死他鄉無葬身之地，
有什麼關係。重要的，亦或無足輕重。我不追求
鬆軟的床榻，不覬覦精美飲食，只對時間的消逝過敏
（太陽隱去）。這時候，空中飄下細雨。如果
是飄下來一個人。憧憬中的恍惚嗎？讓我不得不看到
我需要撕碎報紙一樣，撕碎關於人的想像。我應該
成為自己的鏡像，另一個我的記錄者。就像宗教崇拜者
記錄神的言辭。我應該走在雲之上；應該讓自己
成為山上的石頭──太遙遠和太深沉──而我知道，
這樣寫下的文字，會令我的世界搖曳，如落雪覆地。

十二月三十一日二十三點五十九分

這一分鐘與下一分鐘，不同的紀年。

我不能在生活中完成的，也不能在

這裡完成。跨過，普通的動作，卻不簡單；

身體裡有什麼東西喪失了。是什麼呢？

當這樣的念頭出現，我站在時間的一個節點上。

我告訴自己，從現在開始，我要拋棄

曾經讓我成為我的一切。我要更放肆一些；

我要語言蠻橫，強辭奪理，不尊重同行，

我要把一種混亂引入到這首詩。

所以，我寫大海綠色和灰色，沒風和有風的時候，

晴日與陰天的時候，從來不一樣。我看到的都是表象。

無論怎樣，我沒有到達大海的中心，

也沒能真正見到它的遼闊。我只是在大海邊緣

妄圖談論它的人。海鷗閃電一樣飛過水面，

停棲在岸邊懸崖，或者追逐著輪船駛過激起的水花。

對這些我談論不出意義。我看不到的水底，

儘管隱藏著無數魚類，人們能夠打撈一些，

但我不瞭解它們怎樣生存；也不瞭解藻類，珊瑚類。

作為在陸地上生存的人，我只能保持對大海的敬畏。

它從來不是一種簡單的美。我與它的關係，

是永恆與短暫，死與不死的對立。沒有人

冬天的獻詩（2014）／081

能見證大海的死亡。它清洗，接納死亡。

不管是自然之死或者人類之死。「非常厲害」。

讓我看到，什麼叫轉瞬即失，消散無形。

詠春節・政治不正確的詩

不願離開溫暖，仍然要離開，

一次無奈的旅行被強大的傳統左右，

說明傳統已經深入血脈。也說明，

不管怎麼反叛都不澈底。不是自我辯解，

也不是自我安慰。當想到寒冷撲面而來，

冷入骨頭，這時候身體的不舒服，

帶來的是什麼？問，本身多餘。

我想像的是，像熊躲在洞穴那樣蜷縮在室內。

何況還有濃重霧霾，直接通過喉嚨進入肺，

損壞的肌體成為厭世的溫床，

刺激人反社會的情緒。但我能夠反社會嗎？

它龐大的體制，我連描述都做不到。

能描述成什麼呢？虎豹熊羆，還是宇宙黑洞？

都不準確。我能夠做到的只是

寫下一些抱怨的詞句。我啊，的確抱怨了，

因為我如此熱愛溫暖和煦的陽光，

如此熱愛午睡後走向輕風吹拂的海邊沙灘，

或者登上山頂。這種時候，不用我思想，

身體已經告訴我什麼是人世的美；

它讓我特別想做一個孤家寡人，不承擔，

不義務，是閒雲野鶴。主要是自己。

仿漢魏古詩

凰棲高崖。我的吟詠不能落實。

噪噪之音也。模仿，只好孔雀東南飛。

一腔苦，有如肝膽裂。永墜漆黑夜。

可還在妄想高曲，結果和者寡，無鍾子期。

只好返回粗鄙，以玫瑰、薔薇染底色。

同時加幻象，空無世界，自己成唯一。

啊！湘水、澧水加沅水，水水流蕩。

如鏡，照心，使我能目睹你不遠走，不高飛。

當然這只是癡心。僧人雲，一花一世界。

這個我懂。如果注解，不過是人的孤獨絕對。

再通達的路也通不到內心。只好是，

傾訴，亦成獨吟；思念，猶如面壁（是思過）。

如此，我能從黑中看到白，從無中找到有嗎？

就像芸芸眾生，不交集，就是沒有關係

（這是從一首詩，尋找到另一首詩）。

不得已，我只能反動一次！我的反動是，

讓時間來成就虛無，讓美在前方等待美。

我要說，高不過天的，也高不過地。

我還要說「女歧無合……伯強何處？」

仿齊梁古詩

真名已匿，時而以蝴蝶問世，
時而狐狸。托詞是不屑面對我們。
也就是不屑面對人。我很困惑，
假名不是名？曰：化身，美和狡黠。
可以更看透你們的鄙。看透了嗎？
難道我們不是表演？靈魂隱於文字後面，
可假大空。裸露，不過是自我變形，
高調卻離譜，不落實，不兌現，
總是成就鬧劇。曰：管不了那麼多。
如果身在市井，心已不在；如果身居廟堂，
心繫的只有私欲。那麼，這是什麼變形記？
曰：不過是自我保護，回到本性。
真是如此嗎？可是我沒有看出，
只覺得，不能將假當作真。
就像有人表演，演著演著，丟失了真我。
有人真我面世，結果得到的是假我。
都讓人無語。曰：那是你還沒有參透自己。
有語「菩提本無樹，明鏡亦非臺」。
噫？那麼，我看到的你是什麼？一個人，
亦或一個鏡像？曰：以心比心吧。
重要的是我已看到，蝴蝶，不是蝴蝶，

狐狸，不是狐狸。它們，還是你。

曰：也對，也不對。形非形也！

老羅的電動車 *

輕車熟路，風一樣掠過彎道、陡坡，
直到空無一人的海灘，拍照，發微信，
向眾人炫耀在山裡的生活。哈哈，
轉過來，上山，遠眺，薄霧中看隱現的島，
恍惚中的漂浮，是蓬萊，太虛之境嗎？
當然不是，是好的心情。一朵燦然的花，
開放在心中。不過，也有出粗氣時，
那是上坡馬力不夠，需要踩踏，汗濕衣衫，
頭頂繚繞熱。但重要的是它幫助我
深入到平淡日子的內部，與隱居有了聯繫；
連山下超市的售貨員亦知道它一出現，
意味著我來購買油、米、醬、醋、蔬菜、肉蛋。
他們說：它跑得很快。是，它跑得很快，
讓我的耳邊呼呼生風，猶如騎在雲上。
聯想到我姓孫，我覺得自己就是俗世的齊天大聖。
這裡是花果山嗎？也算吧，青青木瓜，
褐褐龍眼。我見到的每個人都猶如避世的神仙。
就連鄰居家的狗都是吠天犬。唯一的，

---

* 老羅，上海人，張爾朋友，到深圳闖蕩二十餘年。入住洞
背村後，他將剛買的電動車送給我們，此車成為我近距離
出行的代步工具。

如果說還有什麼不滿，那是來自於自己的雜念
偶爾一閃：老羅，這來自上海的浪蕩子，
如果能夠再加大它的馬力，會讓我更加滿足。
說不定騎著它，我會成為探險家，
真正進入大山深處，到達人跡罕至的山巔，
體驗遠上寒山石徑斜……停車坐愛楓林晚。

帶狗遛山

它神氣，對同類不理會，
一路跑上山。我跟不上，
只好呵叱，搞得它來回轉圈。
看得出來，對於出門它非常興奮，
對草木有興趣，也對石頭有興趣
（不停地嗅，用尿做標記）。
我呢，跟著它，不過是散散步，
呼吸山野空氣。說是洗一洗肺，
不必那麼誇張，是煙抽多了，
在戶外轉轉，算自我安慰。
的確很安逸。特別是到達山頂，
我叫它停下來，我們一起眺望大海。
我知道，它搞不懂一艘輪船是什麼，
也不曉得沙灘、島的意義。
其實，我也不曉得。我只是
覺得眺望一下風景，心裡很愉悅。
有一刻，我們在石頭上坐下來，
在靜謐中，聽風簇簇吹過樹頂。

燕子頌‧獻給杜甫

陽臺下簷的燕子窩來了兩隻燕子。
因為才搬來，不知道它們是不是去年的
兩隻。晚上九點，我和來訪的朋友
在院子裡聊天，打擾了它們，使它們
在窩裡有些受驚。我從未如此近打量燕子，
這時看清了它們的模樣，黑毛腦袋上，
夾雜白毛，甚至看清它們的眼睛
正在不停轉動。它們是在想過去住這房子的
不是這些人，還是揣摸我們是否懷有惡意？
我們當然沒有惡意。它們讓我感歎：
燕子真的是一種偉大的鳥，小小身軀，
卻能飛行幾千公里，關鍵是找到自己的舊居。
我無法想像它們一路上飛翔的艱辛；
風雨不用說了，這是自然的存在，作為物種，
我相信它們的遺傳早已有面對風雨的基因。
我思考的是，如今環境改變，肯定
加重它們飛行的難度，它們是怎麼越過那些
密集的城鎮，怎麼面對汙染的山、河、湖泊。
它們遭遇過死亡威脅嗎？很有可能。
這樣感歎，我決定寫一首詩，我想說的是，
燕子，你們安心的住下來吧。與你們為鄰，

我很高興。我希望你們在這裡傳宗接代，
我希望每天能看見你們在這裡飛來飛去。

旅行隨記

突然岔開。不是從邵陽是從永州，
向南直到海邊，一路上女書、捕蛇者說，
還有帶著眷屬趕路的被謫貶的文人，
讓你可以停下拜謁，並想像過去的生活。
這些，其實是詩的策略。關鍵是
當你循著路標經過眾多地名，每一個都能
引來想像。幾千年歷史，已堆積了太多故事。
人的蹤跡重要嗎？就像洪秀全，曾經在
廣州到賀州路上來回走，有時投親有時逃竄。
他最後建立的短命王國，與此有沒有關？
但這不是你關心的。你關心的是，
你不可能複製別人的生活，哪怕你走的路，
杜甫李白走過。就在昨天你跨過湘水，
也經過長沙，你知道李白曾經從此流放夜郎國，
杜甫在湘水邊寫下很多詩篇。這一切
與你何干。一切與你無關。與你有關的是，
當你進入服務區休息，查看地圖，你需要分辨
在縱橫的網狀路線中怎麼找到最近的一條。
目的地永遠在那，它是你生活的地方；
你的朋友都沒有聽說過的地名。到了那裡，
你經過的所有地名都變得不重要了。

重要的是它的名字。對別人來說可以叫洞背村，

也可以叫溪湧街區。對於你，它是唯一；

它的山唯一，面朝的大海唯一，進山的路唯一。

當然，你仍可以想到千里外的任何地方，

也可以想起漫長歷史節點中的任何人物，

你可以想起張騫、蘇武，也可以想到塞北、西域。

有什麼關係呢？這種想的意義不比想到女人深刻。

你寧願想到女人；她的形象像花朵一樣

出現，像風暴一樣消失。而說到底，

你寫到應該岔開，既不從邵陽也不從永州，

而是從這首詩岔開。因此結尾你應該說：

由於此，你已經多繞了一百來公里路。

一周的聲音

太喧囂，內心，擠滿各種聲音；

飛機飛過頭頂的聲音；墜落海中的聲音。

報紙的聲音；各種不可靠猜測的聲音。

失蹤者親人的聲音；痛哭、傷心欲絕的聲音。

這其實不過是最近發生的一件事的聲音。

還有其他聲音；烏克蘭廣場上的聲音，

普宣布俄羅斯軍隊出兵進入克里利亞的聲音。

這些是大聲音，屬於國家的聲音。

小的聲音，也有太多，汽油使守衛土地的農民

在燃燒中死亡，他們的鄰居憤怒的聲音，

律師要求法律搞清楚事件真相的聲音。

以及走失孩子，父母請求幫助尋找的聲音。

甚至還有人因為身分證標明的出生地住不了旅店，

感到被歧視的聲音。也有謠言的聲音，

某某某散佈某某某被某某某說得啞口無言，

結果有人證明，他說的只不過是內心的一廂情願。

只是，說實話這都不是我想聽到的聲音。

它們擠在我的身體內，搞得我就像在

聽一場各種唱腔變調了的關漢卿的鄉間戲劇。

我想聽到什麼樣的聲音呢？我想聽

音樂會的聲音；巴赫、威爾第，或者貝多芬的聲音，

也想聽到有人朗誦詩歌的聲音；杜甫，

或者辛棄疾作品的聲音。我甚至想聽隔壁鄰居

吆喝她家幾條癩皮狗的聲音。如果這些聲音聽不到，

我希望我的內心有燕子啁啾、麻雀嘰嘰喳喳的聲音，

有微風吹過窗外樹叢的聲音；它送來

花的馨香，讓我感到身體裡充滿清香之氣。

正是為了此，我每天會獨自漫步到山上，

我會坐在樹叢深處，仔細聆聽；聽草木的聲音，

聽它們在我內心生長的聲音；安靜的聲音。

甲午年二月斷章·六州歌頭

更複雜一些。你說。把一部字典啟動，
用死字、拗口字，組成一首唬人的詩。
這正確？只是我不可能用遍四萬多個漢字。
譬如把馬寫成駿、驄、騮、驪、驂、騏、驥。
或者把鳥的品種；麻雀、燕子、鷦、鷹、鸛，
全部都在詩裡談論。就是寫到日常早餐，
我也不會把麵包燻腸和稀粥饅頭寫在一起。
我更不會談論古人時談論香煙、咖啡和汽車，
漢唐的擴張儘管直達西域，但煙和咖啡
還沒從美洲傳來。古人用什麼提神；酒，茶？
我不是歷史研究者。不知道。如果想當然，
我會說用詩。不管春秋戰國，還是漢唐宋明，
我們看到詩在人心中的地位；挾天子以令
諸侯的曹操，寫過「青青子衿，悠悠吾心」。
杜甫就不說了，他在逝世前幾天還寫下：
「轉蓬憂悄悄，行藥病涔涔」。就是文天祥，
並非詩人，囚禁中也寫過「留取丹心照汗青」。
譚嗣同這樣的烈士亦寫過「我自橫刀向天笑，
去留肝膽兩崑崙」。詩，肯定給予了他們
精神上巨大的安慰。不過，這有點扯遠了。
回到你說的複雜性；我能否認為汽車複雜？

它的出現改變人類出走的方式，使活動的半徑
擴大很多倍，同時帶來新奢侈觀和死亡。
說到死亡，我們幾乎每天聽到車禍發生的消息。
瞧瞧關於汽車的資訊，主要是觀看街上跑的車：
路虎、賓士、保時捷，還有賓利、瑪莎拉蒂，
它們已經不僅僅是汽車，還是身分象徵；
官員商人，「我爸是李剛」，「你妹是小蜜」。
談論它們，對於有些人就是談論名譽地位。
可以大做文章。只是這關乎詩的複雜性嗎？
現象總是難以帶來精神滿足。我亦不能說，
汽車帶來世界改變，同時也帶來災難的發生。
沒有它，災難仍然充斥地球的各個角落。
我相信你不會否認這點。你會否認拓跋燾殘暴，
安祿山野蠻？或者，你會否認二十世紀的戰爭？
南京、武漢、長沙、常德，一座座城市被毀。
還有人為的饑荒；餓殍千里、屍橫遍野，
如此的描述，我們讀到太多。任何時候入目，
不免心驚肉跳。有人將這些事情的出現
歸結為人性貪婪。僅僅是貪婪？很多次，
閱讀關於災難的文字，我無法理解製造者的心理，
他們看到大規模的死亡發生，能得到怎樣的快感？

在我看來那是變態，是惡的強迫症。

我要問，人性中有沒有惡的強迫性這種東西。

如果有，一切便好理解。我是有強迫症的人，

譬如咬指甲扯頭髮，一段時間不寫詩就焦慮不安。

我甚至知道有人被強迫症困擾，可以半年不出門。

但是它們沒有傷害性。有，只針對自己。

就像現在我強迫自己寫這首詩，雖然我知道，

已經有點東拉十八扯。但這些文字不會害人。

哪怕我使用非常悲傷的詞，譬如我使用

強拆、失聯，使用在黑暗的海底，無數人湮沒了。

甚至使用暴斃、夭折、橫死，它們只是記錄。

就像我使用山水、風景，使用懷念、美人一樣。

所以，問題的問題是：用什麼字不重要，

複雜還是簡單，也不重要。重要的是什麼？

我可以寫出婢、婊、娼、奸、妓、姐的深意，

但我更想寫出〈天問〉和〈戲為六絕句〉。

濃霧日箚記

霧從山頂壓下來籠罩了村莊。我們
彷彿在水中走路。不是游泳，一滴滴水進入
——是一滴滴嗎？潮濕是什麼？就是看不見
樹的形狀。只能想像杜鵑在霧中怎麼凋零。
麻雀不飛，燕子在巢中蜷縮成一團。
不能出門遛達，狗很鬱悶，只好在屋裡打轉，
搖動的尾巴打得傢俱響。這狗日的畜生，遭人罵，
無奈躺倒在牆角。這一切帶來了特別的安靜。
使人的感官一下子好像放大若干倍，
不用支楞著耳朵，也聽見語言在身體內
走動；有時像一隊螞蟻在搬運一粒米，
有時像一座球場爆發出噓聲。但是，可以肯定
它們還不是詩。所以啊，問題是，詩是什麼？
如果打開書本，詩可能是一場戰爭，一段風流豔事。
可能是神祕的星雲飄移，或者關於飄移的總結。
如果打開電腦，可能是一次車禍，也可能
是律師的辯護詞和政客的大把戲。不過，在今天，
它們都不是詩。在今天，詩是我聽了房東的建議，
關窗閉門，不讓潮氣飄進室內。而如果
必須出門，走在路上，詩是我觀察到的鄰居院子的
木柵欄上，一小團霧猶如綿絮掛上紫藤。

或者，汽車從濃霧中鑽出來，讓人猛然覺得
是從無中生出了有。要是誇張一點，把手伸出去，
會以為自己能夠抓住霧。所以，現在哪！
我認為，詩不是別的，就是一場霧；它的濃度，
就像牛奶潑在了玻璃上，慢慢變幻的畫面，
讓我看到一會世界消失，一會又沒有消失。

釋夢詩

聞道閶門萼綠華

　　　——李商隱

想起來了——門口兩隻貓站立，

一隻黑一隻白。不喜歡。造型醜陋。

在夜晚坐車經過，讓人感到恐懼，

伴隨著流水聲，使心中出現戰場。

對壘雙方都沒有道義。殺戮，用血寫歷史，

一萬具屍體或十萬具屍體堆出一座宮殿。

至於它後面的花，是盆景帶來的插曲。

有假想的豔遇；美人，飄過頭頂的雲，

總是變幻。唉！最終的結局是什麼？

分崩離析，文字中消失，橡皮擦抹後的粉塵。

其實是混亂；地震發生坍塌的建築，

堤壩毀壞後四溢的水。收不攏。只好罵娘，

撕破嗓子大吼：他奶奶的。問題是，

這一切有必要嗎？不如關心左邊的胳膊，

閃電正穿過關節處，帶來尖銳的痛。

或者，不如關心一條狗的生死，它的信賴

建立於你的餵養。當然，仍沒有意義。

就像有必要面對一棵樹，有鳥和無鳥，

說它的屬性不一樣嗎？好吧！最後的圖像
是什麼？一架破飛機漂浮在水中？不！
是擁擠的屋內有人吃火，有人性交。

再釋夢

欲重歌兮夢覺，推枕悵然獨念

——辛棄疾

的確很亂：過了樹林，一條河，
突然轉到廣場，很多人排隊。你也加入。
但不知道排隊幹什麼。轉而變成在車站，
送人。綠色老式車廂的形象很真切。
有人哭泣，有人追著火車跑。完了後是飯館，
火鍋店，熱氣騰騰的紅鍋。喝酒了嗎？
喝了兩瓶啤酒，醉了嗎？只是覺得頭暈。
然後是什麼場景？一片開闊的湖泊，
幾艘木船在水中打漁。太奇怪了。更奇怪的是
魚變成了女人，穿的衣服發鱗光。晃花了眼睛。
這都是什麼啊？必須問一下。但沒有結果。
反而是出現了一大隊員警，手持盾牌，
揮舞橡皮棍。他們對抗的是誰？接下來又是
排隊場景。這一次看清楚了，是在一座劇院門口。
只是將要上演的是什麼劇，仍然沒有看清楚。
是不是威爾第的歌劇？這段時間翻過談論他的書。
很可能。但好像沒買到票。失望而返。
最後的畫面到是特別清晰：坐車到達海邊。

剛走上沙灘，便看見一條鯊魚撲上來。
引起驚叫聲，趕緊轉身往回跑。一直跑到
山上家中。立馬在躺椅上坐下，不停喘氣。

小敘事詩

鄰居的四條狗，兩大兩小，夜晚
在大門外的水泥地臥著，一有動靜，
總是最小的那隻叫得最凶。可是它
長得確實難看，身上的毛多處掉光，
皮膚泛紅。我問過它的女主人，為什麼
不給它看病？女主人的回答讓我意外，
「看過，就讓它這樣」。我害怕它會傳染
我們養的金毛犬，每次出門遛都不准
金毛犬接近它。不過，從夜晚一有動靜
它拼命吼叫來看，這是一隻機靈的狗。
的確是這樣，好幾次它鑽過我們的大門隔欄，
跑到院子裡躺在牆角，一副愜意神情，
好像那裡屬於它。在我把它攆走後，
它對我記恨在心，從此見到我就會跳起，
衝向我大吼。讓我的心裡感覺彆扭。
我知道，它並不敢真正撲上來咬我一口，
於是總逗它。我一逗，它吼叫的更起勁。
瞧著它這樣，我不禁生出憐憫之心，
覺得它應該受到更好對待。而不是到了夜晚
連窩都沒有，只能臥在門外冰冷的水泥地上。
與我們的金毛犬相比它的命運真是不同。

我們的狗一到了晚上必須在有人的房間待著，
不然的話，整晚上都在門外哼哼嘰嘰。
彷彿它天生有權力。「這是跟錯了主人」。
可能的確是這樣。這讓我想到狗的
命運其實很詭譎，一旦被命運安排，
除了忠誠，它們便不會有別的表現。
這樣一想後，不管這隻小狗怎麼對我吼叫，
我並不呵叱它。不叫，它能做什麼呢？
也許大聲吼叫，它在冰冷水泥地上度過的
夜晚才不淒涼。它是用吼叫打發著時間？

戲謔詩

——讀楊小濱〈舊社會指南〉後作

你帶著……，好多人開始穿越，
停留在想像的一年。我也是其中一員。
中午，我坐在某個江南，望水興歎，
狗日的，到處風景都亂，讓人顧頭不顧尾。
什麼是頭，什麼是尾？這是面子問題，
深究不得。要不我再進的深入一些，
譬如走進一場戰事，看為什麼應該贏的輸，
應該輸的卻贏了。複雜，沒有答案。
管他媽的。我仔細觀察一大堆屍體。
想像他們生前是木訥的鄉巴佬，還是風流的
浪蕩子。如果我說，我看到一群蒼蠅，
正在他們汙黑的殘肢上交媾產卵。
或者看到一隻蜥蜴緩慢地爬過，這是摹仿，
赫魯伯描寫過類似的場面。所以我只好這樣了：
頂著曬得人冒汗的看起來骯髒的太陽，
坐在樹還在燃燒的山頭上抽煙，然後沉思。
我會想到幾十年以後嗎？也就是現在，
身在政治的籠罩中卻對它少有熱情。
這些當然屬於臆想。沒有辦法，詩的力量
如此大。讓我騰空而起，猶如翻筋斗雲的悟空。
這一切，昨天晚上就開始了，搞得我夜不寐。

昨天晚上，我一會走在北京八大胡同，
打量來來往往的伶人嫖客，一會又跑到南京，
在秦淮河的波光水影裡聽畫舫中的麗音。
再不就是出現在某校園，在教室裡與人辯論。
而最不可思議的是，我還與乞丐們促膝談心。
如此多的場景交織一起如廣場上塗鴉。
一個字：亂。亂，讓我只好回到家裡，
琢磨著要不要也寫一首詩。我還真的寫了。
我寫：狗日的你！估到在新裡談論舊，
結果把舊談成了新。真的，好他媽新。

去河南
——為桑子、高春林而作

噫吁唏！又要去河南——琢磨著

這次仍要拜謁李商隱，還要在黃花嶺上

喝酒裝竹林七賢。當然，詩歌也要談，

但不談責任不談讀者，只談寫得高興，

譬如寫喝多了扯起嗓子唱豫劇，另外的人

看笑話，搞得花子沒撐成。撐不成沒關係，

可以轉而學韓愈、李商隱、朱載育，

面對神農山借景抒情，說神農草藥，世外高人。

河南高人太多。從歷史中隨便拉出來一個，

足以嚇壞雷克思羅斯和龐德。只是

嚇不壞怎麼辦，涼拌？（哈哈，寫到這裡

已經不太正經）。言歸正傳，詩可以興，可以群，

可以怨。去河南不就是可以興、可以群嗎？

我要加上：詩，還可以酒。推杯換盞後，

帶來什麼？浪漫主義還是古典精神？這太重要了。

其中涵藏著信、達、雅。我現在特別反對繃著臉

說話的詩，覺得它總是誇大人的痛苦，

也失卻分寸將自己搞成代言人。我不要什麼代言。

我要有苦難便說苦難，有痛苦便談痛苦。

但我也要談歡樂。現在，我只要一想到河南，

腦袋裡會出現什麼？朋友友情和黃河鯉魚。

同時想到三蘇祠，也想到鞏縣邙山上的杜甫墓園。
這些傳奇啊！如此深入人心。以至於
想忘都不可能。即便不寫它們，但它們在那裡。
在哪裡？許慎的說文解字已經讓人很明白；
只要我們像抓住救命草，真正抓住漢語的本質，
一切，自然順理成章。別說談論自己，
就是談論地域文明的奧秘也是可能的事。
所以，我要寫下：河南，我來借你再度抒情：
到了河南，不談歷史，不得不深入歷史。
不談那些偉大的人，因為他們已在那裡。

世外桃源考

世外桃源——虛構的詞，在這裡

被頻繁使用；在一座山裡，一簇花前，

幾隻遊蕩的狗身上。我決定拆爛它，

我說：世，世人的世，世界的世，混亂和艱難。

譬如走在街上的人，臉上掛著冷漠、疲憊。

如果你調查，肯定聽到很多心酸的故事。

外，外欲的外，外交的外，表明的是與你無關，

說明你沒有被誘惑，也說明國家與國家的交往，

不是對抗，就是虛偽。而桃呢？桃花的桃，

桃符的桃，既是一種植物生長的果實，

也隱喻長得嬌豔的女人，能夠帶來你想像的色情。

至於源，源頭的源，源委的源。說的是一個意思，

在生活中你來自哪裡，哪裡就是你的本源；

譬如你出生在陝西，是一個黃皮膚的人。

而在詩歌中，它可能引導你進入一種修辭方式。

所以你看到了？當世外桃源作為一個詞被拆開，

意義會帶著你走向不同的圖景。雖然

你不希望如此事實卻如此。世外桃源不過是比喻，

不可能與現實發生聯繫。當有人說某地是

世外桃源，要嘛他在欺騙你，要嘛他欺騙自己。

所以我得勸你，不要再說存在著世外桃源。

它從來不存在；別把自己的想像當作真事。

都是隱喻，都是象徵

破紙窗前自語
——辛棄疾

有點瘋啦——腦神經像搭錯了線，
思緒停不下來，上一個鏡像是馬巒山，
下一個跳到湖貝路，只片刻，又轉到
嘉州兩江匯流處，並從那裡輕舟過了
萬重山，站在白帝城的懸崖邊。這怎麼了得？
剎住。必須有一個停止的開關。但它在哪裡？
或是不能再待在屋子裡，應該出門遊，
去山上，到水邊。只是仍然不敢確定，
萬一看到一棵柳樹，腦袋裡出現的卻是趙飛燕，
看到翻捲的波浪，馬上聯想到宇宙爆炸的奇觀。
如果這樣怎麼辦？乾脆睡覺？在昏睡中
沉入無邊的黑暗。但是，可能夢更亂。
就像昨晚夢裡一會游擊隊出現，槍打得啪啪響，
一會坐在月亮上，看著星星像蒼蠅，飛得晃眼。
甚至過分的是，不知怎麼就陷身墳場，
身邊出現無數厲鬼，有的捧著頭玩耍，
有的眼睛裡流出黑污水，還呲著牙撲上我身。
從驚嚇中醒來，發現頭上已狂冒冷汗。

這……難道是在說明，其實我醒著也是做夢，

做夢也是醒著？真是荒唐！怎麼辦呢？

我是不是應該學學僧侶閉關，禪修入定？

可是，他們的信仰，不是我的信仰。他們的執念，

不是我的執念。說實話，搞得我都有點討厭自己，

太煩啦！是什麼讓我的腦袋變成這樣？

就像現在，一大群白狐狸又來到我的面前，

關鍵是它們在我的腦袋裡奔跑，只一瞬間，

便消失的無蹤無影，接著出現一座空山，

空山後出現一個廣場；鋪滿了茉莉花瓣。

方言詩
——應友人約而作

嘟個搞？用錘子搞。這句對話
來自上午與人聊天。讓我想到在灌縣，
我舅舅說「吃」，我聽到的是「咭」。
咭酒，咭菜。有時候我也會這樣說。
四川方言，樂山話與自貢話其實特別不同，
萬縣話與廣元話也不一樣。就像
說到罵人，有的說鴨兒，有人說雞巴。
說到做啥子，有的說搞嘟個，有的說嘟個整，
意思一樣。就是成都話，學校的「學」，
有人讀音「血」，有人讀出的是「協」。
所以，我應該用什麼樣的四川話寫一首詩，
還真是讓人腦袋大的事。網路上近來流傳
一篇對四川話釋義的帖子，我看了，
基本上都是一些簡單的俚語。並不能
讓人聽出方言感覺。不身臨其境很難感受它們
作為方言有什麼妙處。尤其一些詞，
譬如「你去哪個塌塌」，或者「老子快喝麻了」，
如果不現場聆聽，根本聽不出聲音的誇張。
當然，也就不知道它們意思的有趣。
即便我用四川話寫詩，但從不使用它們。
就像我不會寫：「哎呀，劍閣的風景巴適慘了」，

也不會寫：「龜兒子，又他媽的搞到著了」。
哪怕向人描述讀到一首很喜歡的詩，
我也不會說「寫得太腿了」。原因在於
太不精確。我雖然希望詩寫出四川話的調調。
但它們仍然要典雅。我不能像走在大街上，
聽到瓜婆娘擺龍門陣那樣寫，「曉得不，
昨天半夜樓上兩口子搞得或囉啊囉的，
硬整得老子睡都睡不著，太雞巴錘子稀稀」。
「瞧你說得口水滴達的」。我應該寫的是：
「九眼橋下濯錦女，也是風月場中人」，
「寬巷窄巷井巷子，君是上席座中客」。

聞瑪律克斯逝世而作

狗、寄生蟲、髒。語言的翻轉。

下一步可以到達百年孤獨和墨西哥。

再下一步，甚至可以與蓮塘、洞背

聯繫在一起。我說：從屋簷落下的鳥屎，

黃色斑點，早晨的靜謐帶來的深思，

組成意外開始的一天。紊亂，失去了條理。

我說：必須出門；轉彎、下山、進入大道。

喧嘩、噪雜，大海後退，門形吊車的壯觀，

在天地間呈現。哦……，愈來愈遠。

我需要回到穩定，回到邏輯的最初一環。

哪裡？一冊小說，或者一部辭典？

多年以前，山陰道，漆黑夜晚，風聲與鶴唳，

草木與刀劍？不是這樣的畫面。而是

茶館、評書、堂倌。我說：聽。我說：看。

我說：大聲叫喊。同時，我也說：牆角、槍聲，

破碎的頭顱。一個人突然離家出走去千里之外。

這些構成什麼？向下的黑暗。真的很黑暗。

絕對、孤寂、獨立，悠悠的萬古愁。

也是語言的寫照；它的停滯。的確應該停滯了。

應該說：潛沉、冥思。空空六合，莽莽大荒。

更重要的是應該上、升……，直至遼遠。

好吧……現在，我把語言安放在死亡的另一面，
讓它猶如需要不斷翻洗的撲克；君、臣，
神、仙，全部入列。掙扎、對抗、搏弈。
代替了美、好、漂亮。讓我哪怕完全低下頭，
也能看見宇宙的全景，無數星辰；蠍子，
獅子、大熊、天鵝、鹿豹，編織進腦海。

長夜漫漫詩無眠

用典：回頭一望，空無限。愁，
上了眉頭。心思，在眾目下昭然。
那就一轉身，上山，獨坐山間。
但好一幅黯淡畫面。沒逃脫舊義新翻。
怎麼辦？採一枝杜鵑花，撕得稀巴爛。
這不是冒酸氣嗎？哎呀！仍然慘。
好吧！那麼不用典：夜涼，打開微博，
誰的燈還在閃？誰還在嘮叨碎碎念？
哪怕談天下；失聯、沉船、端上油膩宵夜，
讓人看到的，仍是東方不露白，長夜漫漫。
長夜當然漫漫。不過如撩開夜之一角，
不是也能看到大道？跨過去，便能
瞥見熱鬧的塵世煙火；有人正在熬燈夜戰，
有人還在對著稿紙長歎。還有人在收拾行囊，
準備遠行。都是畫卷——繽紛的畫卷。
要是仍不能滿足，那就再遠一些，至天邊。
把宇宙的圖景扯開了看；看星雲打旋，
慧星如箭。看一切遙不可及，
只有想像可以如花爛漫。甚至啊！把自己
想像成騎阿波羅馬車之人或追太陽的夸父。
只為能在時間的流逝中，成為傳奇。

只為可以樂觀地說：回頭望，另外的我

正手持書卷；是石像也是一縷雲煙。

讀畫・不偶然的詩

蝴蝶畫卷扯上了歷史。向我呈現

高妙的詭辯。很頭痛呀，做一個俗人太難。

如果我這樣應對，的確對不起蝴蝶的翩躚。

沒辦法，我只好進入隱喻的陷阱，

使勁挖掘，找蝴蝶的本源。有一刻我找到蛹，

另一刻找到了蟲。它們向我展覽存在的兩端，

一端醜，另一端美。搞得我被矛盾糾纏。

很顯然這樣不行。尤其是對一幅畫而言。

怎麼辦？也許我應該承認隱喻給予蝴蝶的地位；

一經展現，已經與形而上發生了關連。

我應該，也必須看到它無限的外延。就是說，

我應從蝴蝶出發到達一種人生。也可以

將之與神祕的彼岸聯繫起來。甚至用它解釋時間。

說起來這真是無奈的選擇。但不如此，

似乎只能讓我落入意義的空，和沒有所指的巢穴。

那麼好吧我說：歷史起伏，蝴蝶運動，

的確是風暴的來源。就像現在我的這一首詩，

它必須與三天前在山上散步時，我見到的翅膀上

有黃黑斑點的蝴蝶有關。當我走近它，

它向灌木叢深處飛去後消失。但它真的消失了？

難道它不是一直在向我飛來；作為疑慮，

在我的頭腦中上下盤旋。雖然我可以用偶然
解釋一幅蝴蝶畫卷出現在我的眼前。但是，
如果它促成了這首詩產生。似乎並不偶然。

詩藝

漫天落下的，房東說是蜜泌。

黃色斑點在桌子、牆角的野草上，

成為抽象圖案。你釋義吧。什麼義？

自然的豐富性不可解。有意思嗎？

尤其是當你將之寫成一首詩，

它能夠說明什麼？想要什麼就是什麼。

譬如你想要追根溯源，可以找到

春天來臨萬物復甦，蜜蜂正在拼命忙碌。

當然，你也可以由此談論它的象徵，

談論它的神祕。甚至把它與風景聯繫起來。

而說到風景，山是必然要談到的，

也要談到水，還要談到花朵的姹紫嫣紅，

談到週末到山裡來徒步鍛鍊的人。

蜜蜂成為一種點綴。事物的存在相互依存。

但，這是不是扯得有點遠？要是這樣，

你難道不可以讓燕子也加入進來，

讓風、雨、突然飄來的霧霾也加入進來，

或者汽車也加入進來，從而構成複雜性。

為什麼要複雜性？因為蜜蜂不是詩。

但把蜜蜂與萬物聯繫在一起就是詩。

就像現在，你從蜜蜂黃色的分泌物中
看到了斑斕的世界。詩，就此誕生。

機場滯留記

大雨擋住了行程，飛機比慢還慢；
三十多小時，我還在某某機場與人理論，
轉簽還是不轉簽。她說：不能怪我們。
我說：我怪你們了嗎？我只怪跑道變成河流。
只怪飛機不是飛魚；亞洲的飛魚，中國飛魚。
我只怪我少見多怪。我只怪我沒有見識。
我應該增加見識，大雨不是瓢潑，而是傾盆；
當它傾倒下來，是一堵高牆，也是一道鐵幕。
我只能說，南方的夏季的確無法預料，
說來就來的，不是我們想像中的情人，
而是看不見的天空的大祕密。天空太神祕了，
那些積雨雲變幻無常的形狀，如果在飛機上看，
必須用壯麗形容，誇張得連自己都吃驚；
可以是巨大的白淨草原，也可以是廝殺著的蟻群，
當然還可以是憤怒的兔子。說到兔子，
我在機場的形象能夠與它媲美嗎？雖然我
不想與它媲美。我想的是，回家路不該如此艱辛。
我想的是時代之快，應該不受下雨左右。
這樣一想時，我的眼前幻象頻現：我騎著蝸牛
在祖國前進，拖出的液體痕跡，留在了
安徽、浙江、福建、江西。也留在我的身體裡。

我說，可能從此以後，我的經驗又上一層樓了。
它們將成為我寫詩的素材。就像現在，
我寫：比慢更慢的其實不是飛機，而是心情。
而急不來的，永遠也急不來。所以在機場，
我最終決定，聽天由命。我只能聽天由命。

開始亂了……

開始亂了——先是氣候，風來了，
雨跟著來，好像它們是偷竊銀行的賊，
風開鎖、打洞，雨捲走錢幣。剩下我
坐在屋子裡發呆。我真是呆呀，但不是呆瓜，
而是被時間雕壞了的石頭，沒有行動的手腳，
只能望著窗外，思想人和宇宙的祕密。
有人說爆炸、平行波紋，有人說政治與經濟。
一大堆幻象來到我的眼前。都是我
無法搞懂的。「不要那麼沉重」。這是來自
冥冥中的聲音。很嚇人。尤其是嚇人的靈魂。
所以呀，應該到戶外去，看廣大的事物。
停在路邊的汽車，各種品牌。幾條懶狗，
趴在草地上斜眼打量過路人。但是我不願意。
我喜歡在腦袋裡四處遊逛，像藍精靈。
「小小藍精靈，不會走，只會飛，冷眼看世界」。
說到世界，太複雜了。由碳水化合物組成；
穀物、蔬菜、牲畜。是我需要的物質。不能餓著。
還得喝上一頓，有茅臺最愜意，
沒有，一瓶習酒也行。喝呀喝，喝得眼冒金星。
喝呀喝，喝得看見一棵樹也以為是女人。
喝呀喝，喝得睡在床上也以為在坐船。

這一下，想像跑得真是太遠，會不會已到達彼岸？
彼岸，金碧輝煌的彼岸，祥雲盤繞的彼岸。
其實，它們是想像的垃圾。還不如想到水漫街道，
淹沒米缸，沖走桌椅。不如看到滿地的狗毛，
一隻蒼蠅落在塑膠食品罩上，一秒後又飛向茶杯。
鍋碗起黴斑。蟑螂都受不了了，肚皮朝天
死翹翹。當然，也可以選擇把蚊子作為問題，
思想它嗡嗡的飛行，是袖珍轟炸機，
沖著我不斷俯衝；在它眼裡，我是哪一片大陸，
哪一個國家？國家啊！到最後，你仍然出現，
我躲都躲不開你。你就像一個石匠，把我
當成了一塊石碑，不停地在上面雕琢文字。

望雲詩

描述雲太困難。就像此刻，

我看到它不停翻捲，呈現萬千姿態，

想到應該怎麼描述它們。結論是：

不好描述。它們的變化快得驚人，

剛看到像女人，一眨眼，變成奔跑的狼群。

再過一會又成為汽車。關鍵是

對應它們的地上景物，山和水，也在變化。

山水的變化是色彩的變化；淺綠，深綠，

淡灰，墨灰。同時在人的觀感上

造成不同的感受：清新，或者壓抑；或者，

難以言說的情緒。於是只好什麼都不說。

說什麼呢？只能觀察。除了觀察，

再聯想另外一些時候看到的天空。

譬如昨天，在同一個地方看到太陽高懸，

深邃的藍色帶來虛無的感覺。

的確如此。視線無限，把人拉向對空的敬畏。

心被空填滿。很沮喪。越把自己

與看到的事物聯繫，越覺得與它們沒關係。

有什麼關係？不過是形容。可是用一萬種比喻，

描述的都不是雲本身，也不是山水本身。

我能說的是，雲帶來大雨；好大的雨。

讓我坐在門前，聽著啪啪的雨聲，

心裡想著，我能把雲描述成其他的什麼？

結果發現，無論怎麼描述都不得要領。

酒後詩 ——為太阿而作

心緊，纏繞團繩，眼前出幻境
——人騰空飛，騎著一朵雲，是鳥人。
俯瞰，山小如沙盤，空，沒有同類。
海平如灰毯。突然風起，吹翻，急墜，驚。
睜眼坐起。黑暗，驀然發現原來是夢境
——怎麼啦？張口大喘，舌乾如裂。
起身開燈，尋找水。飲後，回憶，為什麼
——是昨日的酒？還是……。哦，酒。
蒙友人請，歡宴，佳餚，暢敘，天南地北，
其間話如春風沐雨，讓歲月頻頻閃幻燈
——五十年前，童稚頑劣，遊街走巷，打架，
惡作劇；四十年前，大地狂掀革命風雲，
旁觀混亂，街壘、槍聲、遊行。三十年前，
入詩道，語中讖——如血凝固，在心成結。
帶來現在人似遺物，不與世界合拍，得隱者名
——小隱，中隱，大隱？都不是。是孤芳，
必須自賞，是幻夢一來再來——是白髮，
是衰翁——唯一可以慶幸的是沒有深湖居孤舟，
沒有糧斷炊煙滅，還能網窺天下，向外看，
雖然總是被氣悶，被暈頭——也算吸了人煙，
入了社會——儘管社會詛咒大於讚美，

想像多於現實——也好。好歹是時間
猶如織錦，縱橫嚴密。好歹是已近知「宿命」。
說到「宿命」，嘮叨一句：此中含深澀哲學，
仍然要參要悟，才能開堂奧，知根源
——才能說，夢其實非夢。才能說心緊，
也是境界。言說來路，雖不坦途，也行。

觀大足石刻記

斷頭、開胸、殘肢。展覽恐怖。
完全是嚇人，不要這樣，不要那樣，
只能種花、低眉、見惡繞著走。
見佛則拜；進香、叩頭、供果、奉錢。
要是不，前路，隱藏兇險；輕，家破，
重、人亡。

　　　　好吧！不信仰。在流水之畔，
看山勢曲折，樹木茂密，想工匠手藝精。
好去處，聽風吹鳥鳴。看蝶舞妖姿。
算得上歡暢遊，去除城市壘入心中瘴氣。
反思。世間萬事。

　　　　　　如今，見利者群起，
有理由，活，求舒服，求歡樂。錯矣，對矣？
不是道理。都有滔滔說辭。如江奔流。

　　　　　　　　不是務虛。虛，是彼岸，
雲上睡、空中行。形而無形，氣而非氣。
好麼？好！不過是相對。如果再過一萬年，
還能以轉世之身，看相同，看一致，
好，才是絕對。

　　　　　　蓮花、轉輪、拂塵、淨瓶。

細節決定品質。在佛睡處，人已無語。
只有時間的苔蘚，綠、黑，弄花意義。

洞背一日記

山的豁口，海嵌在我的視線裡，靜止，
自然的潑墨，此時淡，彼時濃，都是絕景。

翹首者，看到悠遠心緒，與天地融為一體，
是道德經實踐。等於說：塵世，不塵世。

而俯首，盡是綠。萬千纖細，下腳處，
寂靜為聲。聽，成為多餘之事。還是看哪，

一枝一葉一世界，變幻無限風情。
靈魂出竅，直至樹梢，直至⋯⋯草之根脈。

帶來的笑由無端處起，宛如十五之月，
與明淨、空曠有關。迎接的是撫面輕風，

肉體鬆馳如雲絮。哦，什麼暮年？處處天涯，
處處家。現在亦是永遠。凝望一次，即永恆。

洞背村箚記

遲醒，太陽已照腚。回神中，
還原昨夜看球的過程；某某隊瓜了，
輸得只能打倒回府。某某已成為神，
被人拜膜。真是悲的悲，喜的喜
——這時，狗來到床邊，它是來要吃的；
這牲畜，精靈得很，知道怎麼討好主人
——好吧，好吧，起身。新的一天
就這樣開始——餵了狗，燒水沏茶，
然後開電腦瀏覽，先是體育新聞，後是其他的
——結果有人咬人被禁賽，有人吸毒被逮捕，
還有朋友與人鬥氣，在微博上發狠罵人
——唉，真是一派亂象——心情立即變差，
腦袋裡開始頻頻閃現各種混亂情景
——一群土狗打架，撕扯一團。再是一堆人
擠在球場外，等待有人出讓球票。最後
還出現一頭公牛角上頂著孩子在巷子裡狂奔
——媽的喲！這都是哪兒，和哪兒啊？
不對頭，趕緊凝神靜氣，心裡默念：停止停止。
但是不管用。看起來，仍然是境界有問題
——說到境界，不能不想到歷史上的一些人，
「泰山崩於前」而色不改，該幹什麼，

幹什麼。還得像他們學習。說到學習。
那就學吧。於是決定讀書。找出某某詩集；
他經歷兩次世界大戰，卻不斷錘鍊詩句。
讓人體會到，他對自己真是非常挑剔──
挑剔必須建立；要讓它時刻籠罩生命。

混亂之詩・面對一尊石像

頌經的聲音也沒有籠罩住湧出的悲傷。

能看見什麼？求知中的遠遊，對應峭壁、深澗、

荊棘和急流。誰在那裡呼喚？讓他仍然

返回舊地守著孤獨（不要說這樣的文字陳舊）。

擁擠的大街太空曠。而吠陀，異國之神，

已經在他的身體上顯形。使他走進古老建築；

一尊石頭塑像，無數青銅器皿。讀完介紹文字，

心裡基本有底，這是悲劇的舊地；主人曾經

官至三卿，累遭貶謫，仍然忠君，死於流放途中。

但是，語言在睡覺。響起的呼嚕，已把他

震到九天之外。閃電在他的身上劃開口子，

他看見的是怪異的世界；城市和獅子交媾的世界。

他說他不相信。管他相信不相信。

他看到語言的懦弱了嗎？多少詞名不符實。

漂浮成為現實，使得移動的不是身體是靈魂。

他看見了嗎？黑暗之上的黑暗。怕，像颶風來襲，

自語，不過是想自救，向光明處尋找，

用詞建造一個居所。詞，成為家園，

疑問，仍然在時間的巨大深淵中，他已經明白。

他永遠在它之外。這裡是廣闊。這裡也是渺小。

詞被向著兩個方向撕扯。重要的是他的確看到了。

置身在它面前，他得到的正是這種感受：
人與天地的對立；一匹馬的影子在遠方是一粒沙。
一座山，只是山的剪影。那些由人唱出的歌
一旦從嘴中出來，就消散如黎明的露水。
只能被看作大地的遺泄物，被自己鄙視。所以
任何英雄都不值得珍視。任何遺址都帶有虛妄成份。
他雖然面對它們，卻無法在心裡激動。
只有悲涼在心中再次浮出。但他不是寫黑暗的詩人。
他不會寫出絕望。在這裡，他仍然只是旁觀者。
他會寫一草一木，寫雲的流動，主要是
他將寫出客觀史；過去，也是未來。命運，
是沒有命運。一切不過是時間的後果，仇恨的結晶。
就像人製造的殺戮，猶如瘟疫在大地上蔓延，
想像也無法追蹤，只有從地下溢出的血，
讓漂浮成為現實。他看見了嗎？怕，像颶風來襲；
自語，不過是想自救，向光明處尋找詞建造居所。
是啊，這使得內心的痛，把他拔高，向上升，
看見另一個他，渺小，正在地上跋涉，是蟻族之一員。
不知危險正在前方；是巨大的懸崖，
是洶湧的大水。還在兢兢業業尋找活命的食物。
同時，痛也把他壓扁，二維，又一個另他。

看見自己的虛無，在空氣中，成為空氣。

或者是空氣中的鳥類。飛，穿越，尋找落腳之地。

但地上的喧囂卻在拒絕。可能他會力竭而死。

讓他感覺血管裡有野獸在奔跑，也感覺器官裡野獸

在啃食。他是它們的牧場。不過，黑白兩色天空，

很絕對。動靜中有風雷。凝視，也是凝聽。

出竅的不僅是靈魂。還在還原古之混沌。得大智慧嗎？

否！不過是對應他的現實，想像又一個平淡日。

那是明天，世界彩色，花紅葉綠，蝴蝶裸露風情，

迎來驚擾它們的人；走、跑，把揮汗如雨

當作與時間調情。作為旁觀者，他觀看的效果是問：

誰的手牽引它？而那些端坐在石頭內的人，

獲得了石頭的硬質地？這樣的問題沒有必要討論。

出竅的靈魂哪裡去了，才需要反復論證。

如果恰好有烏雲籠罩，能不能看出石頭與人的關係？

問，不僅是心有疑惑。還因為問是一種儀式。

解釋之學問建構了他的此刻；誠如蔬菜在田畦，

泥鰍在溝渠。就像看到兩隻蜻蜓糾纏在一起

仍然掠過草地上下翻飛。哦，這是不是隱喻？

把他的思緒帶向怎樣的黑夜？當他說昏暗的燈光，

凌亂床榻；當他說濕漉漉的衛生間，說出了什麼？

回答，其實也是質疑，需要語言轉向，
成為他的引導。如果它將他帶往真，他看到的就是
純粹的風景；如果它把他帶往惡，他看到的就是
歷史的美。但，問題的複雜性在於：他永遠走不出
自己的身體。所以，他也永遠走不進別人的身體。

過湘西記

──贈太阿

短暫、長遠。走馬觀花。

沅水之畔。武陵山頂。悠然的消失。

好吧⋯⋯，我看到的苗裔，強悍，

演繹飛行的神祕。我說：從典籍走出來，

看千里趕屍，看下蠱。靈蛇繞著手臂。

夠了嗎？當然不夠。我虛構自己，

坐在臘肉高掛的堂屋，守著濕煙裊裊的火盆，

與人談天論地：天裂地合，人獸共舞一曲。

鳳凰來棲桐枝。奇異風景，成就幻象。

無非是我有一顆不安分的心，如踏波踩水、

飛簷走壁，如摘月。看山看水，不是

看到它們自然。是充滿異見；譬如儺人吼林間，

鬼跳躍出水。柑橘，點燃我的眼睛，

出於紅而勝於紅。使我停駐。不用思想，

一落筆便滑向神祕。但是，我喜歡這種神祕。

我說，蜻蜓點水，自是婷婷。風吹白雲，

無形為形。我說，一日千里，鳳凰與麻陽，

千山不為障，百水都是景。當我回頭，

仍然看見我，佇立在觀景臺上，白鬢長鬚。

萬古啊！千秋啊！怎麼形容都不為過。

有時候，一瞬間就是百年。我不在，也是
我在。短暫、長遠、走馬觀花……

洞背詩學筆記之一

金盞花使下山的路顯得神祕。

打聽不到種植者，只能想像中虛構人。

每次只要路過，我都會打量一番，

就像被猥瑣糾纏的市井小人。

但我覺得我不是。我頭腦中很多高大上念頭。

譬如一牆花帶給世界的，可以媲美哲學，

是老子、孔子，或者王守仁，柏拉圖和蘇格拉底。

如果由此聯想到天上的星雲圖，

也不是不可以。一牆花是不是天蠍星座？

要是你不喜歡天蠍星座，也可以是牧夫星團。

總之啊！如果靜下心仔細打量，

我覺得我會想到很多純粹事物，

譬如我想到一萬隻蝴蝶，也想到好幾部輕歌劇。

重要的是我還想到了你。只是哪！我不會告訴任何人

……你是誰。我可以說，你是赫拉，

也可以說，你是女媧，還可以說，你是精衛。

甚至再玄乎一些，我會說一牆金盞花

是所有花。是鐵線蘭，也是龍吐珠。是薰衣草，

也是紫羅蘭。甚至一牆花也可以是

一頓豐盛的晚餐。飽覽之下，

讓我忘記了正在用飢餓療法減肥。哦，你看，

你看。因為它，我已經扯到哪裡去了。

一牆花，這樣說吧：它是花，又不是花。

一牆花，它就是你，或者說你的化身。

洞背詩學筆記之二

改變一下：在語言中安上空調，
讓每一個詞變頻。也就是說：火裡有水，
冰裡面隱藏著滾燙的濃湯。或者這樣說，
老人有顆年輕心，利比多仍然豐潤。
哈哈，這是玩笑嗎？不。這是遊戲嗎？也不。
這是在沙灘上散步，卻想到站在山頂。
遠眺，其實是俯瞰。當浪湧來，出現在腦袋裡的
卻是一片針葉林。當然，必須提醒一下讀者，
玩笑並不是玩世，遊戲，也不是戲謔。
就如同談到颱風，決不會不說到腐敗；說到墜機，
決不會否認政治。至於其他的，譬如說到以色列，
巴勒斯坦，但不會說這是談論一盤國際象棋。
博弈，作為一個詞太複雜，充滿了血腥。
它一出現，空氣中馬上彌漫死亡氣味。這是關鍵。
更為關鍵的是，語言的溫度不能降至冰點。
不能指鹿為馬。就像當槍炮聲一詞出現，
不可能與音樂聯繫在一起。玩弄女性一詞出現，
女權主義的憤怒立即刷屏。如果這樣，
就是語言的南轅北轍。理想的情況應該如此：
當出現革命一詞，所有街道都擠滿缺錢的人。
當晚餐一詞出現，意味著人人喝得微醺。

洞背詩學筆記之三

山的豁口，大船，星散的燈光，
加上我們頭頂的半月，靜止凝望，
構成這個七夕──圖畫、攝影，
酒足飯飽的中年人。但，話題是熱烈的，
遠古神話，現實緋聞，狗、人民和詩，
還有山下颳來的涼風。多麼好！感歎發自內心
──洞中一日，世上千年──仍然走神：
遠行、車遊。後輩去歐洲生活。戰爭陰影。
蘇維埃後遺症。後極權下的寫作。
還有龐德的《七湖》，卿雲爛兮，糺縵縵兮。
猶如飄蕩的旌幡。那麼喜鵲呢？脫落的羽毛，
尖銳的啼叫，為什麼變得夢幻般遙遠
──說明回歸才是真理──也是哪！奉獻，付出，
虛空中的電話，最後的等待，它們已滑入歷史的
深淵麼？或者，是流水──洶湧的波濤。
來自太平洋的力──而眼前的，也許是最好的。
山巒成為剪影；那些矗立的鐵塔，神祕如巨人，
把核裂變之熱和不可知的恐怖四處傳遞
──這是工業的力量──必須回來。
我和你們，所有的人，必須跨過很多門檻，
把傳奇留在文字──七夕，早已沒有銀河，

不是命運之渡。七夕，就是一座天臺，
我們坐在這天臺上，成為記憶的風景。

寫作的置換：把海水置換成草地，

遊艇置換成汽車，我就可以上面散步。

這僅僅是概念的轉換？當然不是，

是語言幻想。關鍵是這種事我可以做很多；

飛機，不是在天上飛，它飛在地獄。

大門內你看到閻羅，牛頭馬面。恐怖的

景象。他們害怕嗎？沒人害怕。瞧生命重複，

二十年後如果你還在世界上，還會看到他們

生機勃勃，也許是戰士。仍然會打仗，

在加沙，或者烏克蘭。他們仍然

沒有將大炮置換成鮮花。把仇恨轉換成熱愛。

不是同吃同喝，是相互指責。不交流的，

還是不交流。正是他們，讓我不想描述現實；

聯合國會議，雙邊談判。右派和五毛。

描述他們，不如談論屋簷下的燕子和腳下的狗；

不如談論雨到來前，空中急驟翻滾的雲；

它們是獅子，也是火焰；黑色的變形的獅子火焰，

帶來驚異，改造觀看。觀看，已是放棄，

再造自然美學：人，不可能勝天。能勝天的臆想，

是以為自己瞭解自然。那些無根之水的輕盈飛翔，

我們永遠學不會。我們以為可以學會。

以為可以升騰到它們上面，近在咫尺俯瞰它們。
那一刻我們不知道會發生什麼，也許平安
回到地面，也許不能⋯⋯。如果不能，悲哀彌漫。
就像幾天前的荷蘭，帶給我們死亡的形式感；
一方面好像體現尊嚴，另一方面體現內心的
無力和敬畏。所以，不要對我說什麼。
我們寫，僅僅是寫。寫它的變幻帶來距離。
任何物，哪怕輕若棉絮的雲也神祕如上帝。

長途汽車上的筆記

(長詩2010-2013)

長途汽車上的筆記之一──感懷、詠物、山水詩之雜合體

1

不斷地妥協，我把腰丟了，還他一個青春。
在夏日，我說話是吞霧，思想萬里之外的
河山。其實我走著，只是自我的狂誕。
不靠譜中年，早已心存混亂，用放肆噁心情感。

怎麼辦，用封鎖？如此手段太舊，不及盲然。
到頭來，我只好面對一些新事，重建
自我的信心。是否太晚？我要不要
只是選擇旅行，成為風景的解人，植物的知音？

事實證明他不這樣看；老人的道德感，讓他
呈現一張冷臉。就像同情，錯誤也是對的；
表象代替真相，考驗著我的耐心。
直到不行了，讓我面對天空，尋找照我的鏡子。

真是啊！還需要瞻前顧後？我必須批評我。
瞧這世界，人人說話都是賣弄，都是遮蔽；
無色情的，炫耀色情；不哲學的，炫耀哲學。
而我很想累了，造清醒的反，把頹廢當成革命。

2

清醒的意義是：杜鵑、曼陀羅，糾結在山邊。
我去了，懷揣自己的隱私：看大山的虛無。
大雁也來了。久違的眺望，需要我用相機
深入探索與它們的關係：無論南北，都是故鄉。

我因此還要學習。「看，那和尚，來時
孑然一身。現在已能影響政治」。「但他的
建築混亂」。「混亂，也是大規模的感官
刺激」。「你必須承認，他做出了卓越努力」。

但是，內心的邊界在哪裡？佛陀的偈語，
從來沒有棒喝我。悟，也只是針對塵世；
就像僅僅吃了兩天素食，嘴裡便念叨著葷腥。
戒律，沒有菩提之美，也沒有讓我看見彼岸。

反而讓我覺得有床榻處，就有故事。人生，
就是從一張床到另一張床？事情當然不能
這樣判斷。「之間」，作為距離，也許是不斷
唐突，要不就是歧異。「昇華，緣於認識」。

3

落後、先進。我的上層建築在哪裡？
一步步，我總是向下（向下的路，也是向上的
路）。當看到左派與右派為幾個資料爭吵，
我正在關心天氣問題，明天或後天有沒有大雨。

我有憂慮。剛剛過去的冬天，太漫長。
很多個夜晚，我明顯感到寒冷如貓爪撓心。
尤其是春節期間住在鄰河小旅店，
蒙著厚厚棉被，我仍能感到風對骨頭的刺激。

我想問：反常氣候裡有政治？傳統說法：
牽一髮動全身。當臭氧層破壞的消息頻頻傳來，
普遍的焦躁中什麼是海闊，什麼是天空？
一句話讓我們下里巴人。一句話讓我們形而上學。

說明著我們的脆弱。幸運和倒楣都是命運。
有什麼必要為一些事情不如人意歎息？
我羨慕那些保持著平靜心態的人，
他們衣襤褸，但能在笑談中對時間無所畏懼。

4

而性不性的，有那麼重要嗎？狀態的進入
取決在什麼場合。關於情感，我可以說很多；
責任、義務、遙遠的未來。我看不到的，
增加了我的懷疑。它有黑的顏色，帶來晦澀。

作為一種虛構。在別人眼中，我們
從來不是我們心中的自己。例如關於我，
當有人說：他啊！如此、如此。我聽著，
就像那是在談論一個木匠，或修電器的工人。

我並不反對這樣的談論。
哪怕牛頭不對馬嘴。一個人可以是學校，
也可以是工廠，更可以被看作國家。
一個人的存在，生命的運作，程式太多。

猶如蝴蝶效應；如果我們經歷的是風暴，
誰還會想到蝴蝶的美。我更願意
把偶然性提上議事日程；所有的經歷
都是修正。死亡不降臨，誰都不會是他自己。

5

轉移、拒絕。雙音節的夜晚。回憶的歌聲
把人們帶向哪裡？不同的情緒歸結到一個點上，
是並不容易的事。我的注意力
穿過的是一片空濛，看見傷害其實早已發生。

十幾年了，不要在意的勸告，變成嗡嗡的絮語。
只是有誰知道，我曾多次坐在水庫大壩上，
被頭頂的星星刺激，當一架飛機閃燈飛過，
我當時預見到的，恰好吻合了後來發生的一切。

我的意思是：變化，已成為我們時代的表徵。
我從不羨慕不屬於自己的一切（大學系統，
保險金制度）。我不害怕疾病？疼痛的感覺
反復多次，已經鈍化。我去醫院，只是陪伴人。

我有自己的原則：不做別人手中的玩偶。
正是這樣，一個時期以來，我拒絕向人，
哪怕是朋友透露自己的行蹤，只是說，在山裡。
我實際是待在河邊，從流水尋找「自我的確定」。

6

觀察水。我是智者？鉛雲、濁水，被裹脅的
枯枝卡在橋墩上。這樣的記錄有什麼用？
「你看到的那道閃電，帶來的靈魂的
驚悚，讓我問道」。我追尋的，正是我的疑惑。

因為我看到的平靜均來自表面。當對話
進一步深入，我知道了他的不安恰恰是
語言的不安。很多詞，當它們失去了
指涉的事物，譬如泰山，也就失去了真正的力量。

我同情他在針尖上的舞蹈。我慶幸自己
一直置身在混亂的現實中。什麼是危險？
肯定不是山上偶爾滾下的石頭，而是
超員的長途車上與人擠在一起，惡臭擠滿了肺。

贏得身體的健康，失去的是能夠分析
的生活；惡，帶來了善，語言的豐盈。
如果有什麼需要感謝，我要感謝的是：
社會的紊亂。太紊亂了，每個詞都落到了實處。

7

地域的差異性，總是有人討論：這裡的綠，
比那裡的綠更綠。在餐桌上也沒有停止。
我的興趣是觀察移動的景物中，什麼
可以攝進鏡頭；扶桑花，還是東倒西歪的房屋。

我已經厭倦自卑。面對整潔的小火車站，
以及到處張貼的競選標語、醜陋的人像。
民主與不民主都讓人頭痛，我早已習慣。
挑毛和求刺！說穿了，我們無非是物質的奴隸。

我們懂得的不過是小人物的政治。把新聞
從電視和報紙上吞進嘴裡，再吐出來，
好像有了自己的見解。但真的有嗎？
從語言上講，我們懂得的僅是「政治」這個詞。

我們是在修辭的「螺絲殼做道場」的人。
祭壇上，放不進國家、陰謀、人事變更。
甚至也放不進股票、石油，和房價。
激情澎湃，拳頭打棉花，才是現象之祕密。

8

那麼細節呢？當耳邊傳來「總在穿過擁擠的
小城鎮」。或者傳來的是「如果沒有那些
造型醜陋的房子，路邊的山可能好看一些」。
我心裡的疑問是：它們到底向我們說明了什麼？

「事情在朝著我們不可控制的方向發展」。
為什麼控制？是關於身分問題，還是
汽車的增長太迅速？我承認，車禍的確
多的驚人；不是翻下山崖，就是衝進了人堆。

呈現出邏輯鏈環上的悖論圖景。這就是
南轅北轍嗎？「用建造天堂的藍圖，建出來的
卻是地獄」。要不，將之稱為人的變形記？
我們都是蛻變過程中的一個分子，計量單位。

它嘲笑了我們的生殖力。「誰知道結果，
誰就是先知」。在今天這樣的話已經不是
挑釁。它總是隨著我想得到結論的想法
在眼前晃動，就像已經成為我視網膜上的裂隙。

9

回過頭……，重新審視，我反復看到杏壇，
看到文公山和陽明山。在兩河夾著的山頂，
心性的寬闊，無處不在。我欣賞把戰士
和書生集於一生的人。說到風景，他們永遠是。

什麼在轉瞬即逝？享樂主義還是傍無所依
的名聲。即使我們像古人那樣，
留下比紙還薄的太陽鳥圖騰，以及精美的玉璋，
一切仍是風一樣吹過；白馬過隙。脫衣服換裙。

第五維度，驚人的發現。有用嗎？當靈魂
與靈魂相遇，面對詰問，我們能說出什麼？
有時候這樣想時，我的心裡突然湧進
一條冰河，我看見自己面孔發白，掙扎著游泳。

因此我寧願現在這樣：書籍的大殿，迷宮，
選擇的自由，我已經就此拒絕了很多。
反向的道路，遠離，格格不入，把這些
加在我的身上我很樂意。我必須創造一個自己。

10

……只是一切都在加速。語言的歸宿，
猶如香煙盒上的警告。我必須更加小心謹慎，
讓它指向要描寫的事物；日常的行為，
面對氣候異常，人們需要從內心做出的反思。

我不想像他那樣再神話它們。
譬如面對一座城市、一條街道，暴雨來臨，
這不是浪漫。情緒完全與下水系統有關，
尤其行駛的汽車在立交橋下的低窪處被淹熄火。

表面上僅僅是自然現象。隱含的難道不是
法律問題？法律，不應該是制度的玫瑰。
它應該是荊棘嗎？也許應該是教育，
告訴我們，天空和大地實際上有自己祕密的尊嚴。

肯定不是征服。不是……，而是尊重。
我的努力與煉金術士改變物質的結構一樣。
通過變異的語言，能夠在裡面
看到我和山巒、河流、花草、野獸一起和平。

長途汽車上的筆記之二——感懷、詠物、山水詩之雜合體

1

淼淼的流水、風味米粉、路口的旅店，
我像蒲松齡一樣把自己與它們聯繫在一起，
沒有誰關心我從什麼地方來到這裡，
我在街上閒逛等待夜晚到來，就像有人等待豔遇。

這當然是虛無的圖畫。「想不到時間毀壞了
那麼多人」。艾略特的詩句，可以用在這裡。
面對它，任何糾心的思考都會變得意義欠缺
——誰知道我曾站在水邊，打量河心漂浮的垃圾？

相對於寬闊河面，我渺小——孤獨的本義。
我為此更願意面對肉體的具體；譬如色情；
人的交歡儘管短暫，但可以稱為絕對；
雲裡霧裡，絕對使很多人忘記自己是誰，在哪裡。

將之哲學化；只有我知道自己的肚子裡，
已裝進的天地，萬山蔥綠，流水縱橫。
有時，我是樹的後世；有時不過是某人的前生
——離開這裡，他們還是會不斷看到我的身影。

2

這樣，當我需要不斷地旅行，
為了一本出入國境的證書，面對別人的盤問
我非常坦然。哪怕電話像一隻獵犬，
靈敏地找到我，喂、喂、喂……憤怒的聲音

就像思想的潮水，讓我感到我是空無的敵人，
被謠言包圍。即使走在熟悉的街道上，
熟悉也迅速變成不熟悉。譬如在從小長大的
成都鐵路新村，我發現自己已經變成異鄉人。

我問，哪裡才是我能夠找到的歸宿？
面對一個個地名，我努力在大腦中修復舊地；
我的思想無數遍轉彎，還是沒有建設起
一個院子、幾棵桉樹，沒有讓石柱重新聳立。

為此有時我想罵人。可是我罵的對象是誰？
以至於我只好逃避世俗的節日；
很多時候，我寧願獨自待在空蕩蕩的屋子裡。
瞧吧，很多夜晚我都在翻閱記錄消亡的書籍。

3

我說：這是衰年變法，守住內心的燈盞。
我不把信仰外在化，不求任何神的護佑。
面對不斷轉換的居住地，我寧願在遼闊的江邊，
觀看鐵駁船變小的圖像。它，就是提醒——

我們是在變幻莫測的世界上生活。
我們不知道明天會發生什麼；譬如多年的
朋友，一件小事就能翻臉。酒桌上的聚會，
到頭成為讓人難堪的記憶——這些……

我都經歷過了。我知道，最終我會
成為漢語的孤魂野鬼。我知道，當我走出家門，
並沒有另一個家門向我敞開。我知道，
我只能與時間打交道。而時間正在如濤流逝。

它使我某一日登上嘉山之頂。站在破敗的
磚塔頂，極目向遠處望去，看見的是
蒼茫起浮；水、沙洲、山丘，呈現虛渺的內涵，
在我的心上堆壘。我不得不同情那些造塔的人。

4

實際上我是同情信仰；對富裕的渴望，
如今是國家信仰，是政治。無論走到哪裡，
我總是碰到想發財的人，構成繽紛的
景象，面對他們，我被說成一個不合時宜的人。

反向、後退。我能關心什麼？觀念對立，
到處響起對抗聲，帶來太多的恐懼。
眉頭皺緊，我無法想像死亡在大街上遊蕩，
和平景象瞬間被打破，到處是哭泣和叫喊。

仇恨的力量太大。信仰帶來的「正義」太多。
這就是我同情的原因。我的烏托邦
是在流水上寫字。在星空上寫字。這是我的
願望。十二星相旋轉，讓我產生變形的想像。

與它們建立關係。很多夜晚，我仰天長望，
「又見到你們啦。沒什麼變化」。我不需要
告訴它們我是什麼人。我不需要的，它們
也不需要。我需要的，在這裡，又不在這裡。

5

我就此進入不同的城市，無論南方、北方，
當我聽見不同的方言，在意識的隱密角落
被牽扯出來的是什麼？我一直用表面上的冷漠
呈現自己，打量一切。好像陷入了玄秘的遊戲。

實質當然不是這樣。靈魂的焦慮不是風景；
不是巨大樟樹，不是河上的廊橋。不可能
用一幅畫告訴觀賞者，我呈現給世界的，
仍然是矛盾糾結的歲月。我希望做過的不後悔。

它使我小心謹慎面對每一天。小心謹慎
面對每一個人──別人的祕密，讓別人去守，
哪怕是對我的傷害。我需要的是在內心
建設自己的堡壘，就像泥瓦匠用磚和水泥砌出房子。

我希望成為另外一個我，與別人拉開距離，
就像從夢進入另一個夢。這是不斷勾起
我幻想的思緒──在這裡，她、她們，是抽象，
讓我思考玄而又玄的語言問題──詞的命運……

6

但血緣的糾葛，仍然使我的心如亂麻纏住。
父母衰老，他們為繼續活下去做的努力，
就像釣魚的鉤子鉤住我。忠義、孝悌，
讓我常常害怕半夜電話鈴聲會帶來惡劣的消息。

一旦如此，就是預先安排的生活日程的中斷。
千里奔波讓我見識早已陌生的火車硬座。
徹夜無法安眠時，頭腦不得不上演戲劇，
一幕幕的盡是移動的景象——死亡的大大咧咧。

見證是恐怖的。如果我親眼目睹手術
切開身體，巨大傷口的腥紅色，難道不會成為
印痕，刻在我的心上，變成身體的政治，
身體的抒情？提醒我，陰和陽，不僅是兩個詞。

是事物的兩極。從一極到另一極，說簡單，
很簡單，說複雜，很複雜。但是無法追溯意義。
這就像看到滿山的竹子，它們一根根
獨立搖曳，根卻紮入地下，緊緊地糾纏在一起。

7

只是我是否還能深入到身體內部？一場暴雪
突然降臨，寒冷進入，我會看見什麼？
望著窗外矮樹叢中的積雪，我想到肝、腎、脾。
這些屬於我的器官，我發現從來沒有瞭解它們。

對疾病的恐懼，一再地支配著人的行為，
讓我們看到死亡的形象。活著還是死去
就此成為重複思考的問題，從而確立
對事物的態度，我們應該接受什麼，反對什麼？

鼓盆而歌。醉臥街巷。這些是曾經的榜樣。
但是，我不再學習他們。在故事中
被讚美的，在現實中可能被卑視。我們的
肉皮囊，並不屬於自己。它在社會中，屬於社會。

如果身著昂貴的服裝，我們就是昂貴的人。
如果衣衫襤褸，「卑賤」二字將寫在臉上。
自由、平等，沒有比它們更奢侈的詞，
社會告訴我們的，疾病，從反面描繪另一種圖像。

8

而地理的轉移，洗浴中心向我展示的溫柔，
我把它看作飲鴆止渴。南宋的消亡的風流。
全是一堆肉——不是尤物——在水汽
的嬝嬝蒸騰中，墮落，也是一門學問，深如淵壑。

學不會的，永遠學不會……。股與股的勾連，
不是靈魂與靈魂的勾連——轉身，就是遺忘。
我能夠說的是，所有身體都是同一個身體。
日日新、苟日新、又日新，不過是幻想大於真實。

所以，我深入不進去。如果說這裡是人生的邊緣，
我就站在邊緣的邊緣——我只是旁觀者，
看到「世說新語」。重溫民族的浮世繪；
現實後面的隱現實——我把它看作資本論的注解。

也是暗示；暗示我已經很難設計自己的未來。
我不想模仿晚年的杜甫。但我很可能
必須像他一樣，不停地從一地漂泊到另一地，
不得不接受「青山處處埋忠骨」的宿命之命。

9

有時我只能用「誰此時沒有房屋，就不必建築」
這樣的詩安慰自己。不斷面對
陌生的地方，帶來的是新鮮感……
腦袋裡裝滿變化的河山；可以反復翻閱的圖冊。

把自己固定在某個欣賞的場景；譬如
在臨河的陽臺，眺望遠山如黛；走在青石山道上，
頭頂綠樹遮天蔽日——它們符合對隱匿的描述。
儘管有掩耳盜鈴的嫌疑。但是，仍然非常管用。

那麼，我是不是已就此懂得漂泊的意義？
杭州、婺源、北京、鄂爾多斯，所有的居住
是借住。無論風景多麼秀麗，多麼遼闊，
帶來的感覺彼此矛盾；越是讚美，內心越是疼痛。

幻想著立錐之地，幻想著安逸、安靜和安全。
如果說意義，它們就是意義；如果說價值，
它們就是價值。我告訴自己，什麼是一身澈底輕鬆，
也許，這樣就是。它讓我不必眷念，欲望全無……

10

只是拋棄、放下、清空、減法的哲學，
仍然如交通警示，聳立在我的視野。
我知道我與世界的關係仍很複雜。我可能還會
因為別人改變自己；就像國家突然改變路線圖。

意外無法避免。只有厭倦能讓一切結束。
甚至厭倦的消息，我也已經厭倦——
它突然來到我的體內，我眼前飄動的，
不過是猶如花瓣從空中散落的景象；無辜的美。

我已不管現象還是本質。我已不在乎
人們把傳言當作真實。進入歷史，誰不是傳說？
我經歷過的，誰還能重新經歷？我不述說，
還有誰能述說？所謂祕密，就是從來沒有發生。

肯定沒有。在這裡，它就是紙上的語言的旅程。
有了開始，需要結束。我所有的努力
就是必須到達結束……。我到達了嗎？
一、二、三，八、九、十，我到達我的目的地。

長途汽車上的筆記之三——詠史、感懷、山水詩之雜合體

1

穿越，時髦流行詞。我決定用它一次。
到達混亂：下沉的深坑，堆放零亂的骨骸，
甲骨，禮器。讓我低頭徘徊，陰風吹衣衫，
我的眼睛突然潮濕，胸口如被重槌一擊。

狼奔豕突。大腦閃現的言辭，四面是危機。
影像轉動起來，祭祀遊戲使弱者斷頭，
駿馬倒地，王者把自己置於銅鼎之內。
我的注意力被澈底牽制；在問鼎的意義上。

複雜性，讓我小心謹慎地看，原始的符號
說明什麼？對將要發生的事，預見的願望
就是把自己交給別人，扭曲的靈魂等待破解。
是山川嗎，是日月嗎？對應之物，已是玄機。

很殘酷。帶來無盡幻象：指示天地，
統馭鳥獸蟲魚。不解神祕終究無解。
我驚異工匠們技藝的奇妙由時間放大到壯麗。
越是想還原真相它越是隱匿。這是字的圍城。

2

……也是浮雲。我猜不透為什麼一個朝代
會被另一個朝代掩埋幾米，是大地膨脹，
還是……？我走在草地上，已經是
走在無數鬼魂的頭頂。無數寶藏在我腳底。

玉璋、玉璧、玉珪，銅觚、銅鼎、銅斛。
儀式只是想像。我看見其中的不可知論。
包括對死亡的敬畏。應該敬畏。天子之禮，
庶民之禮。面對自然無中生有。左右搖晃。

聚神聆聽，我的耳中傳來金弋鐵馬之聲。
生命的血腥一下子湧入胸中，堆壘成壓迫。
演繹出鷹隼、野狗叼食屍體，蒼蠅亂飛，
腐臭的味道彌漫百里的畫面，證明著反人性。

讓我看階級、封建集中的智慧，從征服中來。
磬竹難書其中的破碎。暴露的殘缺
已經成為誇耀之源。民族的圖譜上，
語言的圖騰渲染如血腥。我應該為他們驕傲？

3

但驕傲，是另一個層面的事。猶如面對黃河，
我恰好目睹到了落日呈現不變的一面，
水反射動盪的光芒，看得人眼花瞭亂。
接近它時，我心中的河水加快了流動的速度。

使我面對現實的生活，燴麵或牛肝帶來的
心滿意足，讓位霸道與王道。讓位於
朝代改變帶來的美學改變。消化它們，
關係到認識世界；在這裡，我注重細節與動機。

我看到，沒法選擇永恆。尋找信仰的過程
只能給世俗的歡樂讓位。這就是拯救？現實的
請求，總是暗藏祕密的動機。問題是沒有精神，
誰能夠到達彼岸？我只能把崇拜看作自我喪失。

這是普遍發生的事。正是這樣，入目所見，
無論是瓊樓玉宇、臥虎坐獅、舞妓樂工，
還是黃金面具、瑪瑙鳳冠、經文碑刻，都是
權力的隱喻。我不得不想到，權力代替著美。

4

我不能沉迷其中⋯⋯。汽車改變空間。
距離收縮，成為聚眾喝酒的理由。我在
朋友身上領教習俗的言外意；與杜康講義氣。
自我在臉紅筋脹中出走，身體，空成容器。

杯觥交錯，滿而溢、溢至損。同樣道理，
在某一個先賢的生涯中亦能看到，愛酒無量，
在文字中自我讚美。好像活命的奧義。
實際是沒有掩飾，幾乎成為了文字的犧牲品。

我不敢那樣。我只對他的失敗感興趣。
一生不斷被貶；向南、再向南，直到蠻荒地。
他的經歷和詩錐心泣血、搖曳多姿，
成為後來者酒桌上嚼舌頭、反復談論的傳奇。

沒有傳奇，他的一生可能不會是偉大的
一生。但我仍同情他。我欣賞他的墓地
向故鄉傾斜的柏樹帶來的神祕；遊走的迷魂。
我的到來是無用的拜謁。相聚，頗像喜劇。

5

問題是，我與古人進入的並非相同風景。
地理名稱的存在；讓我看到要拜望的人，
得到一個女人，失去官運。厄舛不斷。一步錯，
步步錯。鑄文字的迷宮，成為別人考據的原型。

但祕密很可能已經隨他消失。我瞭解到的
僅僅是假象。要說悲涼？他的墓地
的確透出悲涼之氣。我只能認為，幸虧他
被絢爛的詞彙簇擁，最終安葬在了人們的心裡。

我的心裡……。只是，我能夠說出什麼？
細看他的一生，不過是攪在混沌官場的泥沼中，
左右不是人，治國經緯難編織。
讓人看到的是與屈原、謝朓、杜子美同樣的結局。

歎息、同情、憐憫、深思，一波三折。
我不得不乾脆把目光投向山水，向北，
山脈橫空聳立。進入，攀登壁立萬仞的山崖。
極目遠眺中，滿目迷濛，耳邊只有空的風聲。

6

下一步到哪裡；玫瑰山嶺，還是狂士聚會
的竹林？放蕩的生涯已影響無數後人。
但我不喜歡嗑藥嗜酒之徒。選擇放棄。
甚至懷疑，歷史以訛傳訛，美化，多於實際。

到是反佛之人讓我興趣盎然。爬坡過坎，
隔牆睹他的墳塚。雖然並不喜歡他說話晦澀的
方式。他從舊文字找到新見識的作法，
卻不能不算革命，說明道理：舊，亦能翻新。

撥雲見日，心念才是原則，沒有認識的
信仰不過是歪曲信仰。從他的經歷中我看到
今日我們還走在循環論中。有痛產生。
我因此說：我把他看作教育家，主旨是反對。

是站在經驗一邊。站在語言的祕密一邊。
不是站在，譬如說，一條巨大的野生鯉魚一邊。
儘管晚餐時，它贏得了我們的讚美；
活成了妖怪，活成了精靈。一切，都已過去。

7

不過遺憾仍然產生。我還是錯過了一座城市。
路線不對，南轅北轍。我相信那裡有人
在等待我，上千年了，他等待我
告訴他，讀他是大事，關係著理解自我的道德。

這不是謬托知音。是對他混亂的生涯
感興趣；國禍兵燹，寄人籬下，卑微的生活，
沒有傷及他的驕傲。現在他應該更驕傲。
僅僅是他的名字，已經成為不少人活命的產業。

真是諷刺。生前沒有立錐之地的人，
身後到處是他的名字命名的園林。以至我設想：
要是他能還魂看到會如何感慨？我的
感慨是：一切與他無關。死者變成活人的財神。

很可怕嗎？白雲蒼狗。變形的鏡像。
理解不過是尋找與自己有關的定義。
我其實喜歡的也許並不是他，而是另一個自己。
所有談論都是借題；猶如借花獻佛，借山談水。

8

我因此選擇疏離，轉而看牡丹最後的凋零，
看懸崖上失去頭顱的石像和倒懸的石蓮。
我看到，被賦與意義的石頭已不是石頭，
是時間的解釋；輝煌與衰敗，此一時、彼一時。

而過去的信仰變身經濟。滿城的建築
反對歷史。有人向我講述昔日帝王的花邊新聞；
調一變，不是帝王、嬪妃們花團錦簇，
是他們在宗教前的祈禱，頗有白馬非馬的意味。

似乎說明曾經的地氣已被用盡。今日山水
再也不會滋養出造神之文。不管是東山
還是西山，我看見的來者表面敬慕古人，
不過是把古人當作風景。長眠地下者，並不安眠。

那麼這是不是風水輪流轉？權貴之戲永恆⋯⋯
此地不演另有演出地；陰謀、陽謀，公平、不平，
都在奪路，攪成混沌，有人看得血脈賁張，
有人看得糊塗。而我，則把自己定位成旁觀者。

9

但我知道，還有更多驚訝等待著我。譬如
一個遭遇門第衰敗變得貧窮的人；關鍵是他
譜新曲的祕密，不是切切私語，是聲音
的數學，他發現了其中變化萬千的班斕世界。

我們坐享其成……，感覺被撥響了
內心隱藏的樂器；有時候是琵琶、古箏，
有時候是鋼琴、提琴。不管是否悠揚，
反正是豐富。猶如一覺醒來，枯樹掛滿果實。

帶來內心的搖晃。令我懷疑關於劣根性的
言論；一切變化，是時間帶來的結局。
今日留駐之人，多是寒門後裔，所謂
文化門第，早已讓位於只會舞槍弄棒的蠻夷。

我當然知道士族們早已喪失門庭。留下
的傳說充滿奢靡的情節。唯一讓我驚心動魄的
只有崖山蹈海之事。我為此搞懂了
今日的衰敗，雜亂之景象，為什麼比比皆是。

10

我就此不得不用語言的辯證法把思想模糊化；
我不說今非昔比，不說進化論拓寬了路。
沒有誰能夠挽留什麼。應該消失的
都要消失；無法預料之事，不接受也得接受。

抒另外的情。或者僅僅是哪裡說，哪裡丟。
轉身即遺忘。我其實不想讓出遊變成戲劇，
讓各種角色在我內心混亂的說唱。也不想
用它們搭建佈景，成為反復回憶的理由。

繫心與此，我等於加入了穿鑿附會的遊戲。
我寧願面對一條峽谷，幾座山峰，把注意力
放在白皮松，岩石縫滴淌出來的水上。儘管我
知道就是深入研究它們，也找不出因果關係。

我不會像有人那樣說「現在，就是過去」。
也不談論前世今生，風雲起浮的話。我
寧願說，人生玄妙。甚至太玄妙，玄妙的不是
不斷出走，是我來了，我看見，我沒有留蹤跡。

長途汽車上的筆記之四───詠史、感懷、山水詩之雜合體

1

山川逶迤帶來精神的盛宴。年輕友人
提供的機會讓我南行千里。我走著、看著，
與一個個地點的對話，在於它是否
有遍地的綠色、似錦的繁花，古老的遺址。

我因此有幸看到你祖先的塑像，
還有他曾經鎮守的城池，心中映出複雜的圖畫。
上千年以來，在這裡，戰爭就像
變幻莫測的戲劇。和平一直是人們重要的訴求。

登上紀念他而建的樓閣，我能從空氣中
感到蕭瑟的歷史氣息，聽到劍戟碰撞的聲音。
我感慨你祖先的一生無論是生死戰鬥，
還是深唱淺吟，他都做出了讓人敬仰的偉業。

人活著，還有什麼比這樣的人生值得書寫。
有一瞬，我默誦著他的千古名句，
「鬱孤台下清江水，中間多少行人淚……」。
想到作為後人你的確可以驕傲，睥睨世界。

2

站在兩江匯流處，造字學顯示古人智慧，
說明每一個地方都有每一個地方的驕傲；
他們的驕傲是什麼；一個城池很少
被攻破的記錄，還是舊的城牆仍然巍然矗立？

「逝者如斯夫……」。自然的八景已經消失。
我能夠感歎的只有他人的才氣，吸引作秀者，
一手爛字居然敢留下痕跡，懸掛高處，
褻瀆聖賢──沒有道德的人，總是標榜很講道德。

指點江山，一隻銅鼎的來歷說出了細節；
背負著漂泊的國仇家恨──不忘──
成為一代代人內在的自我告誡。喚起我的共鳴：
那些失去故鄉的人們，只有在語言中營造家國。

帶來讓人唏吁的命名──有一瞬，我望著望著，
眼前出現幻象：大漠飛沙走石，鐵騎席捲千里。
它使得地圖的說明顯得多餘。倒是宿命論
浮現出來───一切皆是定數，就像時間的盆景。

3

而進入葉坪，我看到那些戰士
在石碑上。如此小的村莊裝下了一個共和國，
一些日後翻雲覆雨的人，曾在這裡出入。
仍然保留著的赭黃色的土牆，暗示著什麼？

如今無數人頭疊映在塔上。太牛逼的
是同室操戈的故事中，粉飾之語堂而皇之。
每一寸土地下面都有冤死者。在上面
盛開的杜鵑花已經不是單純的植物，是象徵。

這是不是說明，逃離戰亂的人輾轉萬里，
個個像喪家之犬，在車船中擠破靈魂？
一口井被誇大的意義，並沒有解決精神的貧窮，
痛苦還在繼續，讓人看到朋黨的承諾並不可靠。

權力即腐蝕。信仰，僅僅成為面具。
當我穿過一間間光線昏暗的屋子，仔細閱讀
溢美的文字，它們就像在證明否定是一種法則。
我必須學習的是：用文字學中的反義認識問題。

4

正是這樣，加速了我大腦轉動的頻率
（既是地理的，也關於教育）。尤其是
看到介紹一個女人不炫耀容貌，放棄親生骨肉。
我知道了一個人與政治的距離：沒有決絕之心。

以至於面對她大難不死，我感歎造化神奇
——在苦楝樹和盤根錯節的老藤中
隱藏自己，是自然在庇護，與得道多助無關。
有關的是，如果不熟悉地形，追蹤就是迷路。

是陷身窮山惡水，成為大自然的笑柄。
命喪黃泉是平常的事。關鍵的是
不能得到「馬革裹屍還」的榮耀。太多的冤魂
變成植物的養料。說明有的「真相」不是真相。

或者，非要尋找真相的想法本身就幼稚。
我的確認識到：不能被這樣的想法糾纏，
應該學習那些裝模做樣，打著旗幟列隊祭祀的人；
信仰對於他們猶如遊戲——是人的無事找事。

5

到處都是他的故居。大謀略，上下其手的侃爺，
他的心中真有一幅二十年後的藍圖
──如果有，是我們現在看到的嗎？
或者，是成功改變了他，讓他最終念出霸王經。

隱忍的功夫來自冷血？跌宕起浮的故事，
不是誰都能成為其中的主角。打量那些
佈置簡陋的房間，我體會著藏匿其中的祕密；
沒有鵝卵石般的意志，的確會被絕望的心情包圍？

還有那些追隨者，是什麼讓他們信任他？
簡單的許諾，猶如海市蜃樓的前景設計，
在讓人驚恐不堪的危險中真的能
支撐他們死心踏地與他一起？我越想越覺得神奇。

作為旁觀者，現象學意義上的社會閒人。
現在我寧願只把風景看作風景。
當到處都矗立著紀念碑，歷史學用什麼來證偽
──我不能不同情失敗者。他們，沒有信史。

6

我因此向上仰望直到詩經，大量的釋義
無不是談論治國者之德。這是不是穿鑿附會？
可憐的人民，直到今天仍然在盼望
出現聖賢君主。萬歲的阿諛聲曾經像雷霆翻滾。

它們使我的憑弔像出演莊嚴戲劇；
「這裡是一隻斷臂」、「那裡是一個頭顱」？
萋萋青草讓人產生躺下的願望。
真是上佳的風水！環顧四周，青山猶如覆盆。

但我不想面對著雲霧籠罩的山峰抒情。
不想歌頌「……炮聲隆」。俯瞰，道路如絲，
讓我想到時間是細線；被它串起來的，
不過是「一將功成萬骨枯」。其餘的，都是塵埃。

評說，定性，語言的解密，在什麼情況下
才會成為常識？檔案的鐵幕遲遲沒有拉開。
山水一再被政治過度闡釋──但是，
無論層嶂疊巒，還是肥沃的谷地，都不是政治。

7

我更願做的是不談論這些，它們太複雜了。
尤其是天空突然降下傾盆大雨時，
我寧願坐在茶館——不讓各種殘酷
的畫面蜂擁而至，刺激神經。但它們的確太多。

使得我的觀看就是趕路——
從一個地點到另一個地點，地理學的知識
不斷被補充，語言的比喻多次被改正——
在這裡，我發現自己就如同被拋入深湖中的魚。

強制的記憶，遺忘的實質，都在求助語言
——紅旗到底能打多久？成為纏繞在
我心底的一團亂麻——在今天，他們反對的事，
他們的後人做的變本加利，成為玄奧的諷刺。

作為局外人，我從來沒有瞭解清楚
這是為什麼——我不能理解的是人與人之間的
殺戮，可以創造出層出不窮的花樣——
單個「人」面對它們時太像白日夢；脆弱的詞。

8

所以，仍然是走馬觀花——陳列室器物，
以及被諂媚者倒置著掛在牆上，
用以解釋一切必然發生的地圖，再一次
加深了我對不可知論的認識；主義是欲望的外衣。

這當然不是我澈底虛無了，而是我讀到的
頻繁的族群遷徙故事，無不與戰亂有關，
都是最後把異鄉變成故鄉。沒有變化的只有山水
——我看到的，與那些逃亡者看到的是同一條江。

那麼，他們現在勉力維護的到底是什麼？
世界上最大的鐘樓；它的建造意味深長。
從我的立場看過去，其中充滿對「消失」的緊張。
澈底的唯物主義者，到後來卻依靠唯心主義救場。

讓我看到選擇的滑稽；看到精神怎樣
轉化成為物質——當這樣的心境
變成生命中的結，無論發生什麼事都可以理解。
我理解的是：反動，不僅僅是理論，也是事實。

9

因此，對於我，語言與現象的關係，
就像高速公路與逆向行駛的汽車的關係。
我恰好看到這一情景。需要談論的事，
無法找到準確的詞；我能說明的只有時間殘酷。

大榮耀不存在。理想主義帶來的全是錯覺。
人在大地上添加的任何東西，都不過是速朽之物。
永恆（比天下第一樹還永恆）真的存在嗎？
在這裡，一切都帶著自我申辯，自我挽留的意味。

要求我迅速離開。新交通日行千里的速度，
讓我進入另一個省份；哪怕仍在旅途中，
味覺的滿足告訴我，並不一定弱肉強食
生命才延續；尤其是欲望不被冠冕堂皇的說出。

我就此理解了不能用政治度量人性。今日的
同道中人，可能成為明天的敵人。這樣的事
一再發生——兄弟鬩於牆——慶幸的是，
我從來沒有想過要在政治中尋找如何做人的幸福。

10

說到底，我仍是匆匆過客。無論是鬱孤台，
還是大井、葉坪，在我的眼裡，「青山遮不住，
畢竟東流去」。我清楚的是我的現在；
一個沒組織的人，應該信仰什麼樣的人間哲學。

答案似乎簡單（與山水為友）。壯哉啊⋯⋯
猶如一位山間旅店老闆與我交談說的話：
「靜一生，鬧也一生」。「人不可貌相，
實踐的是自己」。「心意，能造就世間藏龍臥虎」。

只是我連這些都不關心。儘管不斷觀看，
已成為我生活的組成部分──
我將之看作生命的減負。到了東邊忘記掉西邊，
到了南邊把北邊拋到腦後。帶不走的絕不帶走。

如同這首詩僅是一次記錄；身臨其境，
我談論河流、廟宇、權力與死亡。
這些非常絕對。不過我知道，談論是為了遠離。
尤其是我看到有人製造死亡改變別人的生活。

長途汽車上的筆記之五──詠史、感懷、山水詩之雜合體

1

悠悠湘水，平緩而寬闊兮，千里奔流。
古賢在此漂泊，究天地之神祕兮，然終無收穫。
我沒有那樣的奇志，只是過路的遊人，
登上高大的防洪堤壩，免不了太息水之浩蕩。

世間的俗事，用各種方法打擊我的內心。
此行，就是逃避──三日的行程，
我領教了舟車之勞頓。不容易的是，面對河山，
渺小的感覺頻頻出現──我不懂得的仍是生命。

什麼是終極安寧，什麼是思後無思？
一座小城市，它火熱的景象；絕美的飲食，
安閒的茶館，好像提供了答案。我亦雨中
臨水飲茗。但，內心深處焦慮的暗流卻洶湧不息。

不是為前途，只是因為孤獨。只是看到
歷史千年如白駒過隙，二十一世紀
如風吹過一樣，十年已經飄進迷霧般的時間淵壑。
滄桑的人世，已經把我的頭髮熨染成一片霜白。

2

噫吁唏……。巫術帶來的玄秘——
肉身未腐的婦人躺在巨大的棺槨中。
她仍在享受的哀榮,是以科學的名義尋找不朽的
原因。我驚歎的是,縛裹她的錦繡華美無比。

——虛構中的另一個世界的榮華,
為什麼總是成為人的終極願望——無論東方、西方,
都生產同樣的哲學——我不能不猜測,
穿透時間的韶樂,怎樣由那些奇異的石頭編鐘奏響。

震盪我的內心缺乏光亮的幽晦角落,
我看到能夠看到的一切——今日人世的繁華,
似乎不值一提。是不是這樣,沒有對超越的求取,
我們都會如她一樣,最後成為一具空殼?

這太可怕了——以至我不能不想像,
她的靈魂如今在哪一個地方,是得到了安頓,
還是仍然在無垠的時空中遊蕩?我甚至
產生出這樣的念頭:她會不會在暗中窺看著我們。

3

至於慕名走進千年書院，置身庭園中，
我眼前出現講學人的幻影。耳邊響起讀書聲。
對「道」的尋找，曾讓無數人皓首窮經。
但今天仍然是人道無蹤，只有王道和霸道並行。

也許它的確滋養出了精神──以國是為已任。
幾百年來，此境域出現無數風流兒女。
攪動的政治風雲，直到今日，還讓我們籠罩其中，
沉浮未定，總是嗅到空氣中飄蕩的血腥氣味。

誰，還在潔身自好？誰，還在廣布善心？
「糞土當年萬戶侯」的人，比萬戶侯
還要封建──用權到極致。我覺得我能夠讚賞的，
只是這裡的山勢，面水而開闊，有自然的大氣韻。

不過我一直私底下猜測，創立書院的人
並不是心志於此。我更願意認為他們是想要純潔
「種族的心靈」。可惜的是，它作為
建築保存下來；僅僅是建築，成為旅遊目的地。

4

中途，終途？我不得不在這裡宕開一筆，
對一棵千年樟樹做出描寫；它的樹幹上懸掛著
無數寫滿字的紅色祈福布條；讓我看到
古老的習俗——對高於人的事物表現出敬畏之心。

神祕的終歸神祕。不能解釋的仍無法解釋。
如果「我承認我歷經滄桑」，這棵樹
經歷的滄桑可能是我的十倍。面對它我禁不住猜測，
它目睹過什麼？它因為目睹而感到悲傷還是歡悅？

如此的猜測當然有些抒情。不能不抒情。
當我看到以它命名的老祠堂，從介紹的文字發現，
一個家族一生二，二生三，到了今天
繁衍的龐大無比；給我的感覺是，已經龐大到擁擠。

興衰榮辱，生生死死，它肯定看到過太多。
以至於我突然產生這樣的想法：它其實並不想看到。
如果能夠像鳥一樣遷徙，它也許會離開。
我甚至覺得它應該像我一樣，在大地上到處漫遊。

5

當然，對我更重要是，入夜歇息，
住進木構的吊腳樓，隔壁酒吧歡歌陣陣灌耳，
搞得我不能凝神讀書，只好坐在陽臺上，
望著黑暗的夜空發呆，默數著透出雲層的星星。

雲的移動中，我想到浩淼與逼厄的關係。
也想到在縱軸的時間之點上，
發生的人的事情──國家、社稷、民族，
一個具體的事例是：一個國君與他的兩個妃子。

淒美的「斑竹一枝千滴淚」曾打動無數人。
我也被打動過。只是當我去了發生傳說的地方，
走過枝葉搖曳的竹林，看到的卻是當地人
對商業的狂熱之心──連孩子們，也成為兜售者。

但是我不能說他們錯了。就像我不能說
那些唱歌的人錯了──在燈紅酒綠中，
他們尋找精神的沉迷，其中有對生命短暫的理解。
是不是一種自我挽留呢？我傾向於如此理解。

6

哦，真是沒有什麼不會消失──城頭山，
埋在泥下的土城把文明的歷史向前推了兩千年。
站在雜草叢生的山坡上，用目光搜尋，
我看到的卻是荒涼──坍塌、沉陷，早已經發生。

「風中的部落輕輕搖晃」，「年輕的狩獵人
在驚恐中顫慄」、「從天而降的大火
一直燒到天上」──有一刻，這樣的詩句
神祕出現，就像誰硬是要把輓歌安放在我的心底。

場景、場景……一個殘破陶罐，一甕石化
的骨頭，一堆燃燒的灰燼。說明著什麼？
「消失來得太迅速」。我真正注意到的是一簇野花，
幾隻蜜蜂──它們，在我的眼前呈現出安靜的美。

向我暗示來到這裡的意義。修正我在坑窪的
鄉村公路上顛簸出的怨氣──哦，我來了，我看見。
這真的重要麼？對它們的瞭解，
真的會澈底讓我知道，自己從哪裡來，又到哪裡去？

7

他們是否也這樣理解？道路的指示牌標示出
名人故居——太多了。我的同情
指向其中的某些人。他們沒有想到自己最後
成為黨同伐異的犧牲品，失去姓名後告別人世。

似乎說明，信仰與權力發生關係太不靠譜。
我真的服氣翻手為雲，覆手為雨的人，
他們要冷酷到何種程度，才會做出昨天還稱兄道弟，
今天痛下殺手的事。是信仰把他們造就成了機器？

不涉足其中，這樣的事永遠是奧秘。
那麼，我能夠就此說：權力是信仰的腐蝕劑嗎？
或者，信仰的確可以成為權力的幌子。
它有時候不過是戲子色彩斑斕的戲服，不過是面具。

只是，這樣的表演我們還會看到何時？
一百年，一千年，或者永遠——讓我
禁不住猜測；我的私心裡，它應該如同高速公路上
的指示牌，雖然撲面而來進入視野，轉瞬便消失。

8

而到達昔日的戰場，我的想像一再加速；
我希望能夠穿越時空，走近幾場慘烈戰事；
看被血染紅的江水。目睹幾座城市
街巷裡的廝殺。它們的意義被朝兩個方向書寫。

所以凝視，而不是憑弔；思考，而非讚美
——我努力想接近的是戰死者的思想，
他們如果能夠從死亡中站起來，就像
古人虛構的末日復活者，會如何評價自己的死亡。

他們會不會說自己死於大義？我的疑惑
是絕對的——鄧恩說過「不要問喪鐘為誰而鳴」。
那麼，除了死亡的導演者，我能否把
死亡絕對化；死於非命，沒有正義和不正義的分類。

儘管如此，我還是站在成片墳塚前心如石頭入水。
萬物中，只有人才會大規模的同類相殺。
只有人才會為殺戮的行為堂而皇之命名。
想到此，我不能不心湧悲慟。不能不，淚灑衣襟。

9

這就是迷濛……。就是千百年來，
面對世界，人一問再問的原因。現在我這樣問，
是對別人問的呼應。形象清晰的人是誰？
是投江而溺的屈子，還是客死舟中的杜子美。

做他們的追隨者。一步步，我尋找他們
的足跡──湘水、沅水、澧水，水美而泱漾兮，
如斯千載。但我要的不僅是這個，我要的
還有走在這裡，驀然獲得，靈魂之門的悄然打開。

悟、頓悟。它能是綿綿不絕之流水？
它能夠讓我獨自的旅行，猶如與眾人同行嗎？
角色不斷轉換，在白天，我是一個「我」，
到了夜晚，我就是一個民族；他的男人與女人。

如果有喜悅，我分享喜悅，如果有悲傷，
我承擔所有的悲傷──我的確害怕，一入歧路，
情感全如風流，人事辜負河山。
就像我希望我認識的人，不會「爾曹身與名俱滅」。

10

它是不是告誡呢？猶如凌晨四點
旅店提醒服務似的告誡，把人從睡眠叫起來；
有多少未知事物，就有多少靈魂的困擾。
有多少沒有落實的情感，就有多少失落和痛苦。

使我們不斷在命運中趕路，朝著下一站。
表面上，每一次都是重複，攤開地圖，
查找地點，設計路線，買票，上車，尋找旅店。
分析、審視、觀察。然後得到滿足或加倍失落。

那麼，解決之道又在何處——
我們能不能反其道而行之，把動看作不動？
這裡、那裡，大地上的漫遊就是回家。
就是面對時間說出：我的身體就是我的國家。

而其他的一切，把它們交給虛無——
不管是到達，還是離開，不管美麗還是醜陋
——存在也是不在。正是這樣，
對於我，一次旅行或許真實，或許，僅僅是虛構。

長途汽車上的筆記之六──為阿西而作

1

旅行又一次開始；從通州出發，
經過秦皇島、山海關。一千多年前，我們
應不斷出示通關文牒，現在輕車奔馳，吱溜，
就過去了。一日千里，傍晚已經到達高句麗。

各種王的故事浮現；殘暴的，孱弱的，
還有美麗的嬪妃，當談起他們，就像談論
路邊移動的景色：一座平緩的山，一個湖泊，
絕對神祕。我說，一眼就看出南方與北方的差異，

不單體現在氣候上。還在於人口的密度，
這裡，幾十公里不見房屋，讓人感到大地乾淨，
像處女。而秋天，顯然來得太早了，涼風輕吹，
給我們澄澈的天空；幾朵輕如靈魂的白雲。

甚至小城也是這樣；一頓簡單的晚餐，
讓人生出快活如神仙的感覺。對貧窮
理解的指數亦做出下行調整。等躺在簡陋旅店
的床榻上捫心自省，一幅幅畫面疊加在了一起。

2

一路上，我都在揣摸老虎，希望看到它們
從茂密的樹林中突然竄出──橫道河子，
一個我童年時廣泛宣傳的英雄，在此演繹的
故事──只是時過境遷，我沒有聽見虎嘯山林。

恍惚中槍炮聲和機車聲傳來。把這裡變得
不真實。時代哪！已經翻過了很多頁。
在小飯館，雞蛋捲餅，麂子肉湯贏得的讚美，
把我們變成了饕餮之士。說明生活必須繼續。

不是這樣嗎？「易主之事，他們從不關心」。
「我曾經走在一眼望不到盡頭的荒涼路上，
心裡被絕望包圍」。「也曾經幻想，
如果有一個饅頭，我就是世界上最幸福的人。」

「可是，因為離權力中心太遙遠。我不得不
遠行一萬里，在生意場上尋找晚年的安寧」。
「在孤獨中穿過貝加爾湖，被寂靜折磨的
幾乎失去魂魄，以至於人都搞成了數學問題」。

3

我因此不得不說，進入一座奇異的城市，
教堂增加了它的蕭穆氣氛，進入高大穹頂
的祈禱大廳，無神論一瞬間飛出了肉體，
我應該怎麼禱告，祈求神祇保佑我事事如意？

或者，請他留下城市的魂；那些古老建築。
我喜歡坐在掛滿老照片的咖啡館裡，
與友人聊天。也喜歡在江邊的長堤上漫步。
浩蕩的江水，我把它看作一首壯麗的史詩。

它記錄的血和淚如果仔細聆聽，太多了；
會擠痛我們的耳朵。恍惚中，我能夠
看到刀在空中劃過的弧線。一張張猙獰的臉
像烏鴉一樣飛過我的眼前。讓人非常恐懼。

一種深入骨髓的痛——關於喪失。關於
游移不定的歷史敘述，像空中飄浮的優酪乳味。
靈魂，已經被殖民了。我還能說什麼呢？
難道要我說大列巴、格瓦斯、馬迭爾和果戈里？

4

隔江相望，我沒有看到想看到的。封閉和割裂，
讓人成為主義的奴隸。不管多麼先進的主義，
強迫人信奉，主義就不再是主義，
是囚禁人的牢獄。或者，製造死亡的殺人利器。

這是常識；是熊比狼厲害一樣的常識。
但是，反對常識的做法我看得太多了。
在這裡，一條江被劃成了兩半。隔江相望的人，
成為永遠不能在一起傾心交談，喝酒聊天的人。

反而被訓練出敵意。有人說，這是戰略性的
敵意。它把帶著尖刺的鐵絲網纏繞在人心上。
也把海關檢查者的臉變成了一扇扇水泥
做成的門。當我們想邁過去，碰壁，成為常識。

這真是平靜裡有殺機；讓我不能不羨慕
那些在江面上飛來飛去的鷗鳥，或者，江面下
從大海中回溯產卵的魚。自由，就是你看到了
一個地方，不只是在地圖上，還能想去就去。

5

我因此想到另一次旅行；左邊是陡崖，右邊
是千仞淵壑，咆哮的流水穿透機器的轟鳴，
把我的心淋得焦濕。我想起了古人的詩句：
「此去前路無知己」。有什麼呢？盲然和不安。

奈何橋也不過如此。一車人在碰運氣。
只是，一個女孩臉已經在害怕中變得慘白。
一位老者，嘴裡不停地嘀咕菩薩保佑。
我看得出他不是一個信徒。不過是臨時抱佛腳。

我的心裡同樣上下打鼓。轉移緊張的情緒，
我兩眼盯住窗外不斷變幻的景色。一隻鳥
突然出現，一掠而逝，一棵巨大的樹撲進眼瞼。
對它們使勁的琢磨，也算改變了注意力的方向。

只是我仍然在想為什麼？一次旅行的意義，
到底是什麼意義？目的地不是世外桃源。
商業性的鼓吹，是這個時代的拿手好戲。
一個封閉的國家，真值得我們在路上如此顛簸？

6

肅慎、扶餘、渤海國⋯⋯，名稱的變換，
充滿血腥──逃亡的路線，具體戰爭的遺址，
已經使我停下腳步的次數太多了。每一次，
都使靈魂震撼。能活下來的人，都應該是智者。

只是那位立「土字牌」的人，我仍然不知
怎樣談論他。登山望遠，當大海可望而不可及，
我就像已走到大地盡頭。左右，太逼仄了。
修正著我關於驕傲的認識──遼闊，同樣是絕境。

就是文字亦受到羞辱。縱使沒文法，多歧異，
仍然說明了一個事實，在這裡，惡曾經戰勝善。
帶來無比哀痛的歌曲。讓擴張者的後人，
重新回到出發的舊地，變成了回到故鄉的異鄉人。

似乎闡釋了這樣的道理，可以書寫的，
都不值得書寫──暴力、屠殺，生命的突然喪失。
如果留下來的都是教訓，還有什麼美好
可以談論？如果山河依舊，人事，的確沒有意義。

7

我喜歡這樣的地名：海古勒。歷史在此
顯示它粗糙簡陋的一面；一座空陵，和古怪的
帝王名字。炫耀馬背上的驕傲。只是現在
讓我們看到曾經強大的部落，族人已全部消失。

連語言也沒留下。歷史在別人的篡改與修正下，
充滿亂倫的血腥。人性以獸性的面貌
出現在我們眼裡。到是虛構的城在商業利益的
驅動下以此為榮。企冀永恆的人，被永恆拋棄。

正是這樣，讓我的想像朝向無限前進——
站在空洞的泥塚前，我感到箭還在樹梢上飛行。
士兵還在寒冷夜晚的營帳裡唱猥瑣的謠曲。
大薩滿們，還在用烏鴉的血釋咒於敵人的靈魂。

而真相在真相之外。回溯的理論，不可能
還原什麼。曾經的繁華，我從不將之看作繁華。
一塊隨手撿到的瓦罐碎片，什麼也不說明。
這裡，仍然是樹林蒼莽，是英雄失去用武之地。

8

它培養悲哀和仇恨嗎？站在一百多年前
喪失的土地上，看見到處矗立炫耀武力的塑像，
歷史的血腥味再一次彌漫在我的大腦。
遼闊，變成無能的同義詞——如此荒唐和荒涼。

什麼是民族主義，什麼又是世界主義，
這是必須思考的問題。沒有打敗入侵者的能力，
誰有資格談論民族主義？哪怕成為
有錢人。哪怕能夠在舞場觀賞異族女人表演豔舞。

美好的胴體，激起的不過是動物性的欲望。
但是在這裡，輕蔑是反向的；消費的人
就像入室偷竊的賊；出賣肉體謀生的女人，卻高傲
的把觀看者看作卑賤的奴隸。而這是什麼樣的悖論？

所以，我只有深深的歎息；大好河山，
我痛惜它的美。水墨畫的海灣，一望無垠的森林，
它們都是我記憶中的處女地。
掠奪者的後裔，慶幸自己遠離了祖國的中心。

9

他們不這樣認為──他們，披甲人，
覺得自己是被國家抹去了形象的人。或者僅僅是
國家的傷口，需要語言之鹽澈底清洗。
面對他們，同情解決不了問題，不如乾脆唏噓。

我在心裡做分類學；不同的國家意識，
命運，朝向不同的方向，使反對和擁護都是重罪。
不用想像誰能看到返回的必要性。「有了魚子醬，
誰還要魚」。在共同的語言中，才能找到歸宿感。

不過要瞭解他們，門票猶如打劫。在人擠人
的山道和山頂湖泊，風景改變著人與自然的關係，
熱愛等於破壞。我看著說明文字心生悲憫，
消失啊消失。我忍不住想做批判者，不原諒任何人。

甚至不原諒自己的虛無感。把詛咒用在
對遺忘的處理中；太多的人忘記了自然沒有原罪，
哪怕這裡夏天暴熱，冬天，石頭被凍裂。
當我們轉向其中，仍然應該滿懷探究之心去理解。

10

所以，不管是入關、出關、登山、臨海，
我總是在壯闊的大地上，思想自己
沒有成為被圍困的人，不是細菌實驗的受害人。
也不幻想變成因為女人，最終衝冠一怒的將軍。

我只是記住了很多地名；綏芬河、圖們江。
看到了地理的豐富——真是太豐富了；
望不到頭的玉米地和遼闊的森林，當我凝視時，
總是猶如凝視創世圖，讓我逾加感到自己渺小。

太渺小……我不可能像剝洋蔥一樣，
把歷史層層剝開尋找事物的真相。非要提出問題。
我寧願這樣詢問：當時間把一切變成藝術品，
我們還需要什麼——成片的玉米，亦或一座島嶼？

我知道，遷徙只是夢想，憧憬才是現實，
它能使我的內心修起一座綿延的長城。
在城堞之上，讓我的觀看如被閃電一樣的意識
擊中——來與不來這裡，我將是不同的兩個人。

長途汽車上的筆記之七──詠史、感懷、山水詩之雜合體

1

在黑暗中出發。穿過節日的大街。
這是一次向故鄉的旅行。蜀道，如今不再難了。
當黎明來臨，我們已進入秦嶺腹地，
穿過一個又一個隧道，下午已經到達千年古城。

擴張使塵土遮天蔽日。新街道呈現舊面貌。
如果不是導航儀，我們會找不到進入村莊的路。
記憶，在這裡完全喪失。等見到已坍塌的
不成樣的石砌拱門，幾段殘缺的牆堞，才恢復記憶。

「太髒了」。這是我站在巷子裡說出的第一句話。
垃圾堆在牆角、臭水四處亂溢。
直到走進叔叔的院子，聽到看家狗的狂吠；
直到在叔叔的招呼下坐進廂房，心裡才稍微平靜。

寒暄、喝水。再一次走到院子中打量，
仍然沒有找著回到故鄉的感覺──「牆上的紫藤
爬得很好嘛」。「這棵泡桐長得很不錯」。
我知道，說這樣的話，不過是沒有話找點說辭。

2

寬闊的、渾黃的水，永遠的急流。
歷史如果寫在這樣的水面上，我們能看到什麼？
在我身後，一座古城已經消失，僅留下
十幾丈坍塌的城堞——蒿草在裂罅處茂盛生長。

隔河相望另一個省，祖先們怎麼西渡？
羊皮筏在急流中艱難漂移，有沒有落水而亡者，
族譜上沒有記載。不過，這條河吞噬的
生命太多，面對它我只能敬畏。甚至心存畏懼。

怎麼能不畏懼？氾濫的水不止一次
淹沒大片土地，離我老家的村莊只有一里；
出門就能望見水之浩淼連接天宇。
「人定勝天」，在它面前就像假和尚騙人的佞語。

如果必須說點什麼，我能夠說出的是，
站在古老的渡口，我真的是「心事浩淼……」。
奔流的水就像不斷提出問題：「我們從哪裡來，
又到哪裡去」。猶如提出我們民族的哲學母題。

3

他對我講家族的分裂；田、墓園、宅基地
的爭奪，使親情澈底消失，沒出五服的親戚們，
如今已「雞犬之聲相聞，老死不相往來」。
而供奉祖先的祠堂，已近坍塌，卻沒人出面修葺。

使我沮喪。走在巷子裡，我更沮喪。
半邊房已經看不到了。新修的建築，
把醜發揮到極致。哪裡還能找到我熟悉的一切，
坐在巷口閑謅的女人，或者，垃圾中刨食的狗？

分割，擴張，曾經安靜的墓園已不再安靜，
被距離不到五十米的高速鐵路、軍營侵擾。
當我拜謁時，想到地下的祖先不可能安眠，
他們被火車和士兵的操練侵擾，肯定會不斷吃驚。

讓我覺得在這裡唯心主義不如唯物主義。
如果有另一個世界與來世，
「那些手握燃燒的灰燼，在永恆的黑暗中趕路的人」，
我不知道，還能拿出什麼東西去與他們相會。

4

玄武、朱雀。城中甕城。正史沒有記載的，
我們在稗史中尋找；統治者玄歌曼舞中發號施令，
兩個豐腴的女人，一個把廷臣當成了藥渣，
另一個的嬌嗲，差點將丈夫的王朝搞得改變姓氏。

談論她們，上千年從來沒有停止，
已經成為國家的變形記。雖然我沒有加入談論，
那是因為「禍從口出」束縛了我。
要不然，我會這樣說：她們的世紀是香豔世紀。

也是審美與審醜並存的世紀。我並不願
提到那樣的世紀。就像我讀家族宗祠裡的楹聯，
「禮定三千周制度，儀成四品漢文章」，
要是以此作為驕傲的資本，肯定就成了不孝之子。

看待她們，我寧願以看待傳奇的目光——
也以這樣的目光看待一切——華岳廟街，少昊寺，
玉泉院，在我看來所有的供奉都反對精神；
不過是說明，此時此刻，尋找自己成為更難的事。

5

學習永無止境。丟失的祕密必須找回。
只是，我還能找到裝在黑木箱，擱在炕頭上方
木架的線裝古冊嗎？還能找回心無旁騖，
抄寫古老典籍，把聖賢的精神教授於人的事蹟嗎？

我覺得他已隱匿，把自己逼到陡峭的山頂，
從夜空中採氣。那些絕壁上的雲蹬，那些洞穴，
曾經是一種精神——選擇遠離人群的方式，
在孤寂中把信仰搞得比一座山還要堅硬。而尋找他，

就像夜晚用肉眼觀天象；總是隔幾層。神祕，
無力把握其中的奧妙。使得街頭巷議中的猜測、推演，
口口相傳，演玄而又玄的故事，把他一再神話，
成為傳奇——拜慕，曾是鄉俗，曾是我的敬畏之源。

只是，我與他之間隔著的巨大罅隙，
肯定已無法修補。因為家族中大多數人對他的朝拜，
不過是以自私為出發點。而不是
看到他的恒心——對塵世的紙醉金迷澈底放棄。

6

這是前車之鑒……太多了，只要回溯，
我們總能看到，毀壞、重建、衰敗、興盛，
在這塊土地上猶如月亮運行。甚至讓人產生幻覺，
走在路上，都可能碰上天降災禍，或者意外之事。

我當然不想這樣。就像我不想翻閱典籍，
讀到的都是狼煙四起，城池焚毀，
連道士都被追得像逃竄的兔子。至於殺戮，
不光是戰爭的殺戮，還有權謀帶來的兄弟鬩於牆。

如今，哪怕站在一片空曠的田地裡，
腳下都可能埋葬著死於非命的人。
或者埋藏著王候將相。正是這樣，當叔叔告訴我，
老宅下隱藏著幾百平米的地穴，我沒有一點吃驚。

只是轉而想到一代又一代人，在紛亂世道，
拼命求生，非常不容易。就憑這樣的事實，
我應該說些什麼？「我們哪怕非常小心，
仍然會踩在別人的屍骨上」。「肯定是唐突的事情」。

7

自我紀念和血脈的保存是困難的。
當我的叔叔說，「遜」和「孫」，不斷地遷徙
改變一切，意謂著，在走中迷失了自我。
我說，這重要嗎──重要的，不是意義，是真相。

所以我不談論曾經的輝煌，「一巷一坊，
秩序井然，日日人聲鼎沸，馬鳴車喧」。
我談論的是，一場大火、幾次戰爭帶來的饑饉，
最終把人逼成大盜，使斯文盡逝，辱沒了先人。

讓我只能啞然，思想人性的因果關係；
對路上碰到的族人在面相上尋找善惡的蛛絲馬跡。
可憐的是，善是一種能力。應該
帶來現實的秩序，而不是對混亂和骯髒熟視無睹。

為此，我必須讀史；坑殺、腐刑、流徙，
製造了太多可述可泣的事，讓我不相信盛世之說。
就像我從來不認為吃飽了肚子便是幸福。
鴻毛與泰山，不僅僅是比喻，還是切膚之疼痛。

8

但我知道，仍然是對「道」的迷惘，
使我不斷想到騎牛消失的人，一縷青煙千年不散，
縈繞在我眼前。但是「無為而無不為」
我們做到了嗎？關隘、街衢、店鋪，讓我看不出來。

搞得內心的城池重門疊戶，猶如迷宮。
還在作為目標的不是逍遙遊，也不是終南山隱，
而是把信仰物質化；靠山吃山，靠水吃水。
以至於荒涼也被做成風景，被迫展覽強辭奪理的美，

和單向度的前途。使得我撫摸斑剝的老牆，
頭腦中已經還原不出任何古老的場面。
它們已經是只能在想像中出現的空中樓閣，
高懸在精神的晦暗天空，告訴我，仰望不過是贖罪。

不過是告訴自己，蹂躪河山這樣的事
我們做得太多了。現在的趨勢是還會繼續蹂躪下去。
也許用不了多久，當河山一破再破，這樣的
事情會出現在眼前——最終，人成為大地的敵人。

9

我不得不因此想像轉向；千里外的成都。
國運交換時期父親被迫的逃亡，改變了他的一生。
雖然口音一直沒變，但是動盪的經歷
已使他成為另一個他──自己家族變化的旁觀者。

沒有他就沒有我。這種事實的內在含義是什麼
（我，其實是逃亡的產物）？歸屬感，
必須落實的觀念，成為不斷糾纏我的觀念。
認祖歸宗的過程，變成感受邊緣化的過程。可怕嗎？

可怕……。越是具體的面對具體的土地，
越是體會與之距離的遙遠。對於我，不論是叔叔，
還是堂兄，接觸的越深入精神越是疏遠。
我不喜歡這樣的感受，它們的出現的確相當殘酷。

來，就是為了離開？這是無所歸依的永久的逃亡。
我能否如此理解？舊井，巷子拐角的石頭，
它們的舊貌也是新顏；也是偏離。我瞭解到的
情況是，自己似乎已經喪失了精神上回家的可能性。

10

如果我說：現實的速度猶如獅子
在嗜血的路上狂奔。意思是，我必須無奈地承認，
每次回鄉都是自我清理，也在把我推向
更遠的遠離。我只能說對家族瞭解的越多，失望越多。

因此返回出發地的旅途——太乙宮、青銅關，
——讓我失去了觀賞風景的興致。
我心裡計算的是空間與時間的關係；一公里路到底
花費了多少時間。它們與我的生命構成什麼樣的關係。

分析的越清晰，越看不清。
我甚至懷疑自己是不是叛逆者。離開幾十年，
骨頭裡再也沒接收到老家的地氣。
使我意識到，回鄉已不是翻越秦嶺山脈那麼簡單，

也不是跨過南北氣候分界線那麼明確。
意識、習慣、地理、環境、社會，構成了樊籬，
也建築了我認同的人生。我甚至覺得，這樣的老家，
回不回去沒有關係。雖然，我並不願做叛逆者……

長途汽車上的筆記之八——詠史、感懷、山水詩之雜合體

1

穿行在中南群山之間，是蜿蜒的流水。
停下來，則猶如把一塊石頭疊在溝溪。
用這樣的文字開始變化的詩篇，
是因為，偉大的風景打開了我的抒情之心。

別人呢，用沉默來讚美，或者，是在等待
更恰當的言辭？當我終於到達山峰頂部，
極目遠眺，平原紙一樣鋪開。櫛比鱗次的村落，
就是文明果實？我仍然沒有聽到別人吐露心聲。

其實，我也不想再說什麼了。
我知道接下去還有更多的事物會帶給我驚詫。
現在，要在一片寂靜中留下什麼呢？
留下這些文字。我不能肯定它們最終的意義。

過客。這是事實。我想到一年來
總是跋涉在路上。好多走過的地方都已忘記。
有一些地方就像印痕刻在了記憶裡。
這樣說吧：它們構成我的生命，包括別人的。

2

高大的牆、巨大的拱門。夜晚的燈燭
照幽暗的護城河水。當我慢慢踱步在甕城中,
恍惚中飛箭來襲。想到一個紅臉的人,
大意中失去性命。歷史,真的不能重寫一次。

留下的都是風景;博物館裡的劍器
只能在玻璃罩中生輝,映照出我們生活中的平靜,
也平庸,不管是男女之間的親昵還是爭吵,
不過是雞毛蒜皮,從來不轟轟烈烈,寫不進歷史。

能寫進去的都是血和淚。同一個城角,
房子蓋了扒,扒了蓋。匾額上書寫的記述文字,
如果認真對待,就是鬼魂的呻吟。
尤其夜晚,當我走進去,陰森氣息撲面而來。

讓人記起關於改造山河的說辭;
反反覆覆。一切承諾都在談論家園與花園的關係。
只是越改造越破碎,我們從山頂俯瞰的土地,
猶如打上巨大的馬賽克,光線折射下猶如多稜鏡。

3

我因此站在滾滾流淌的長江邊，
望著江心島上的廟，猜測誰能夠把自己一生
放在那裡，日夜聽驚濤拍打的聲音，靈魂
卻在尋找避世的寧靜。他們不怕被大水席捲而去？

這太像刀尖上討生計。那些僧侶就此目睹的一切，
也許是壯麗的；不一樣的日出，不一樣的落日。
只是我不相信他們相信的道理。
我感歎的是：建築在江中的房屋，本身就是奇跡。

太多奇跡已經消失，轉成蹩腳的演義。
以成敗論英雄，讓我看見所有想恢復舊秩序的人，
不過是跳樑小丑。僅僅是一種廉價的消費。
後來者，只能在臆想中發現什麼叫語言太不靠譜。

被支配的想像力，天馬一樣行空，留下的
比荒誕劇還荒誕──我怎麼也不能相信
依靠到處塑像，建築紀念館，就能挽留消失的一切；
那些逝去的人，終究已是鬼魂。屬於形而上的空虛。

4

至於過江、再過江，「躍上蔥籠……」，
甚至走進不識真面目的群峰深處的仿歐小鎮；
一處權貴的避暑勝地。讓我們漫步在
隱蔽於茂盛大樹掩蔭的別墅之間，就像在探險。

兔死狗烹、清君側、乾綱獨斷，臥榻之則，
豈容他人酣睡。這些詞彙在眼前晃動。
好與壞、新與舊，大地的靈秀與政治殘酷形成的
對比，不能不讓人再次感歎：誅心，政治的奧義。

我也看到有人選擇退避，虛構烏托邦。
我因此對他有興趣；他走過的山道，
我願意重走；他吟詠過的景色，通過仔細辨認，
我希望它們仍然存在——權釋了「理想」一詞。

也權釋了「代謝」一詞。語義，都在詞的外面。
只有這樣，才能解釋人事與自然的關係。
只有這樣，我們才不會把絕望看作
蝕骨之蛆；儘管不少時候，絕望已經是蝕骨之蛆。

5

但是，我仍然糾結於目睹的事實；不普世，
連詩人都搖身一變成為梟雄，謀劃戰事，
代替了吟風弄月。讓我看到人性中嗜血的一面。
或者是在說明，我們必須矛盾地看待一切事物。

那麼，屠城也是吟詠，追殺也是安排韻腳。
仔細閱讀，甚至讓我產生這樣的錯覺：
語言的平仄中，一平就是一把刀，一仄猶如一支箭。
再不就是，音韻的轉換隱含了殺戮──死亡的變數。

如此一來所謂的思鄉、懷友、吟詠河山，
需要另外的解讀──「浪淘盡，千古風流人物」。
真的淘盡了嗎？民族的潛意識，到底
存在著什麼？作為問題，是不是由這樣的東西灌注？

懷疑、猜測、反思……。身臨其境，
向我揭示的是才華的放縱──人的美，也是人的惡
──拜謁，同樣是受虐。這裡面有真正的殘酷
──我們喜愛一個人的文字，卻厭惡他的行為。

6

所以那些託孤，斷橋之吼；那些割袍絕義，
我只能當戲劇觀看。八百壯士，百萬雄師，
也沒有換來一個更加乾淨的世界。
這種事，就是再問一萬次天，仍然得不到答案。

反而，越是想改變，毀滅的隱患越多；
巫山雲雨、高峽平湖、世界殊，猶如把洶湧
懸掛在半個國家的頭頂上。回家夢，
只能成為夢；紙上囈語。連談論都變得格外困難。

必須託付給謊言……。那些歌頌，
不斷給城市塗抹重彩的行為，解決了什麼？
仍然沒有找到的是人的位置──面具，成為蠱惑。
不過是想把時間也分出左中右，地理也分出階級。

只是自然有法則；旱和澇，熱和冷，
成為一幅幅風景畫，讓我們不得不欣賞。
就像看挖沙船擠滿的河道，然後感歎其中的
貪婪和野蠻。然後說：認識在這裡拐了一個大彎。

7

這當然使我們見到的事物更加複雜。
不願這樣，我其實已迴避很多事物。
譬如面對另一個人，他風流倜儻，卻碰到了剋星，
一條命過早辭世。搞得對他的扼腕歎息千年不絕。

有人這樣評價他，不審勢，或者太自戀。
我不同意這樣的說法。我覺得關鍵是他
把小人當成了君子。遭遇到用文字打擊文字的事；
所謂用筆殺人，對於他就是引頸受刀，敞胸迎劍。

而我對他的認識是，少年得志，
在一人之下，萬人之上，這樣的情況成為他
不得不死的原因。一點都不弔詭。
說明的不過是出頭鳥的命運——惡的平庸性質。

說明有些人其實不需要晚年。連一座墳塚
也不需要。如果我們還想著尋找他留在世上的蹤跡，
不過是想像大於現實——只能奇怪。
或者只能虛構他；就像所有的神都在虛構中存在。

8

我知道，有人的感受與我不同，
他們眼睛看到的一切，只是文明的另一系譜；
柔軟的水一樣的智慧——其中，最醒目的特徵是，
隨著時間流逝，連惡魔也能得到盲目的讚頌。

「他們沒有信仰，所以到處修建寺廟」。
「他們的神五花八門，有讓人迷惑的名字」。
是否反駁這樣的說法？我不能不想到
進過的很多寺廟，見過的神像，的確數不勝數，

菩薩、天師、大帝、關公、主席。燃燒的燭火，
繚繞的香煙。不管人們的拜慕有什麼樣的動機，
作為現象我只能用壯觀形容；我不得不
目睹的盛景。儘管，我從來沒有讚賞過這樣的盛景。

反而一再拒絕。當然，有時我會讚美
某一座寺廟的建築——它可能懸在陡峭的崖壁，
也可能矗立山頂。我佩服那些無名的工匠，
在哪怕一個門墩，一處翹簷，亦留下虔敬的態度。

9

而努力在跪拜者身上辨認，還有多少血性
遺留在他們的身體裡。巫術的神祕造就的
敬畏，還能讓他們面對世界保持怎樣的
探險精神？我看到的是：呆板、冷漠、愚鈍。

不是批判。不是一竿子掃倒一大片。
朝聖般的擁擠，一再把我們往荒誕之境中推。
自我的消失，總是在這一刻發生。
當說到「安全」這樣的詞，實際是找不到自己。

就像國家找不到自己的魂，
只有發展經濟，房屋建了拆拆了建，事物的保存，
在經濟增長的計畫中面目全非。以至於一座城市
除了名字還是舊的，早已經成為另一座城市。

家國也是另一個了。如果我們還假裝自己
是一個古老民族的後人，身體內還攜帶著很多
過去；它的驕傲，它的優雅。已經成為
死亡的文字——書寫，不過是與痛哭一樣的行為。

10

因此，應該怎樣結束這次書寫？
短暫、繁亂，疲憊，還有很多湧入我眼裡的事物
沒有在紙上列出。譬如一場大霧
擋住我的眺望，曾經慘烈的戰場飄成了霧霾。

還有面對岔路，向左還是向右帶來的不安，
讓我做出後悔決定，與偉大詩篇描寫的地方錯過，
造成的卻是它帶來的文字幻象；
馬的嘶鳴，人廝殺的吼叫，不停地在我眼前晃動。

真是事與願違。我本來希望一場戲落下大幕，
但是卻還得望梅止渴。有些迴避的事物
也許更應該記述——沉船、東風、銅雀、女人的美
帶來的一首輓歌。以及一首輓歌帶來的另一首輓歌。

讓我對宿命一詞有了新的理解——很多地方
我可能永遠到達不了；有些地方我總是
一再擦身而過。「到達一個地方就失去更多地方」。
「『在』與『不在』成為我們永遠的困境……」。

長途汽車上的筆記之九——為張爾而作

1

計畫之外的旅行帶來的是什麼？

不設計路線，走到哪裡天黑，就在哪裡歇息。

經過崖山，失敗的情緒撲面而來，

就像當年最後的潰敗後，那些蹈海赴死的宋人。

談論他們，有點扯得太遠，像撣花子。

這樣說吧：失去一個人，就是失去一個國。

對於感情至上的人，這是同質的道理。

當蒼茫夜色圍攏身體，就是傷感如菌進入血液。

不用再多說了！下一步是到哪裡？

走吧走吧，也許到天涯。選擇，實際是忘記。

在遼闊的大地上，尋找理想的人生。

儘管很早就已經知道這是自我欺騙。但很需要……

就像山雞需要樹林。野鴨需要湖泊沼澤。

哦！在陌生的地方，在浪遊中沉睡。

不再去想明天。明天、明天，應該是什麼呢？

是猛虎下山、蛟龍出水？明天，是一日千里。

2

車出事，不得不在海邊城市停留。
這是天意？穿過一所大學，登上一處古炮臺，
隔著遼闊水面眺望幾座島嶼。看到了什麼？
孤懸的海市蜃樓，幻景，變成現實湧進我的腦海。

克虜伯炮、海戰、覆沒、恥辱條約，
這些作為介紹文字被閱讀時，撲面而來的風
亦沒有吹散心中的熱。瞬間的民族主義。
很對。說明從牙牙學語開始的國家教育十分成功。

恨生不逢時。壯懷激烈找不到出口。
只好悻悻然抓起手機胡亂拍照——歪脖子榕樹，
雜草叢生的掩體，海上橫向移動的遊艇。
當然也自拍，以紀念到此一遊，沒有白來一趟。

這是小心思。不能往宏大方面想。
宏大，那是國家主題。一想，不免頭皮發麻。
是什麼使一水之隔癬瘡，隔得一個民族
就像得了頑固癬瘡；疼痛，創口動不動流淌膿血？

3

多少年來，個人讓位集體的認識，
左右我們，潛意識一碰，思想變成法律。
到了真看到別人的生活優於自己，
會尋找上萬種理由，把對方貶得一錢不值。

以至於有時候我面對風景，
不是欣賞它們的美，而是想到存在的意義
——如果我沒有面對它們，它們的
存在是沒有存在；它們的美亦不是存在之美。

只是一個人能到達的地方有多少？
那些隱蔽的，沒有名聲在外的地方太多了。
就像在南澳島，不是走錯了路線，
我哪裡能發現隱藏在海灣的古老村鎮的安靜。

依山傍水的石屋，供奉神祇的彩塔，
與環境融為一體相互襯映；當地人
生活中的自我陶醉，無論怎麼看，都像桃花源。
似乎告訴我，在世無名，是一種反時間的幸運。

4

兩道關，分割出兩種生活。沒有選擇，
我乾脆以寄居的形式棲身在小公園內。
每日聽民間演出，對混亂的聲音
生出惡劣評語——這是有人用聲音反對音樂。

典雅，需要環境。沒有，只能投身
火熱的現實中去。下樓走出大門，面對一家家
生意火爆的蒼蠅館，不激動都不行。
這是饕餮時代；是把成為饕餮者當作理想的時代。

喝不起茅臺，我們喝牛欄山小二。
吃不起龍蝦、螃蟹，我們吃小炒肉與腸粉。
我們還小賭怡情。更多的時候，
喝茶清談，頗如古人圍爐夜話，直到東方既白。

有沒有夢呢？白日夢沒有了。
有的只是在酒意中沉沉睡去。不浪漫不旖旎，
不止一次夢到自己身陷文字的包圍，
四周漆黑，各種詞閃著綠色的光在空中亂飛。

5

我應該談論詞？就像有人說
不談論商業，人的意義在哪裡？我們看到的
數不清的人；他們的身分由職業所定；
煙舖老闆、飯店經理、假書販子、包租婆和妓女。

總是帶來我的分裂，我甚至假設
在另外的年代，我是烈士還是隱者？苟且一生，
壯懷激烈，我應該怎麼選擇？做俎上魚肉，
或者撲火燈蛾。被迫的遷徙，我看到自己的改變，

就像城管監督員，明明知道行為是錯誤的，
仍然把公正、平等這樣的詞掛在嘴上
——說明暴戾地對待自己，是可以的。
也說明沒有純粹的人性——純粹……那是死亡。

帶來我對一些事物的重新認識——
譬如面對無數代人稱讚的山水，雖然山還是山，
水還是水，我看到變化已經發生——
索取，已經改變山水的性質，使之成為商品。

6

這是隱喻嗎？不是。如果需要隱喻，
我應該登上蓮花山，在山頂上回憶往昔。
然後說：時間過得真是快，一轉眼
物是人非。一轉眼我已不是我，你也不是了你。

我把這看作算術題，算了算，一千多天
等於幾萬公里，也等於我圍著地球跑了幾圈。
一萬多天，則太複雜了；等於我穿越
幾個朝代：封建，戰國，大一統，虛擬共和制。

現實呢？嘲弄這樣的事發生。現實是
我和朋友去了海邊，對著反射陽光的大海抒情，
用修圖軟體美化風景，搞得恍兮惚兮。
把自己也弄得進入幻覺，以為目睹了神仙境界。

以為可以不理人間煙火。貧窮，算個毬！
一畝三分地的問題，是一個問題嗎？
精神，精神哪！如果精神可以用物理來分析。
大腦空間肯定不是論米計算，是用公里統計。

7

玄奧、幽秘……佈滿了變化的圖像；
如果大腦可以像倉庫打開，展覽於光天化日，
我自己看了也會驚訝。瞧啊，世間萬物
陳列在裡面──關鍵的是有我死亡多次的靈魂。

有人說：「更多的人死於心碎」；
我把「心」改成「靈魂」。有時我為地名而死；
有時讓我死去的是一次旅行；人讓我
死去的次數則太多了；人的政治、經濟、愛情。

我不得不驚訝我涅槃的能力──
死去一個農民，復活一個士兵；死去一個士兵，
復活一個工人；死去一個工人，復活一個詩人。
到如今，沒有復活的是對人的澈底信任。

我知道，對人的認識是一門學問；
幽邃，近乎黑暗的學問，或者是比宇宙
更浩淼的學問。我雖然無數次想找到它的祕密，
結果每一次，都沒有找到進入祕密的門徑。

8

如此，我更願意談論衰敗；譬如在大鵬所城，
看到門朽窗壞，牆斷瓦裂的中式宅院
就像病入膏肓，容顏盡失的女人，我不能不
感歎時間的嚴酷，辜負了很多人想永恆的願望。

使得一切擴張、佔有，都指向空無——
儘管我仔細打量那些精緻的雕琢，並拍照，
內心十分清楚，這不過是在安慰自己。
作為一個人，我已懂得喪失。可以平靜接受它。

就像接受一個海灣，也像接受一處峭崖。
我知道，不管走不走到它們的面前，潮汐的漲落，
與一千年前一樣，一千年後也不會改變
——我打量它們的目光，與它們沒有絲毫關聯。

正是這樣，變化與不變；一座城市的衰敗
與興盛，在於我們從中尋找著什麼。
如果我說：衰敗是興盛的結果。在邏輯鏈環上
它們成立嗎？作為問題，我已經多次問過自己。

9

我也問霧霾造成的呼吸困難
會帶給我們身體什麼——很長時間以來，
當我走在大街上，眼睛刺痛，
就像針扎一樣，胸部悶脹，猶如被石頭壓住。

甚至讓我看到面相的改變——詩人，厭倦者，
能打等號嗎？如果一個人不承認事物的局限性，
存在還有什麼意義？新城市的繁華，
建立在反對過去的想像上。我必須拓寬自己的知識。

真是不容易！這是永無止境的認識論
——讓我不得不得出結論——
在這裡，如果我們不能以「美圖秀秀」的眼光
打量一切，就無法看到它「美瞳、豐乳、瘦身」。

也就是說我們看到什麼，並不意味著它是什麼
——在時間中的都會被時間拋棄——
現實主義，浪漫主義。我的拋棄是必然的拋棄。
我想說出的是：魔幻，才能讓人看清自己。

10

所以我喜歡「在路上」（甚至凱魯亞克意義上的），
從一地到另一地，昨日翻山，今日臨水。
地理的變化，氣候的變化。猶如電腦
硬碟格式化，用新景象刪除掉大腦中的舊景象。

我告訴自己，這是讓人改變的過程——
沒有到過的省份，到過了，沒有吃過的水果，
嘗到了滋味。面對著從未聽聞的奇山異水
——好奇、吃驚，不斷修正著自已與自然的關係。

我是在翻閱文件一樣閱讀大地；
一條河是一個逗號。幾十公里路可能是省略號，
也可能是破折號。如果碰上千年大樹，
一處陡峭山崖，我將之看作驚嘆號，或者警句。

至於那些偶然遇到的，路上天降大雨，
堵車，館子飯菜不新鮮，份量與價格不成比例，
對於我則是文件裝訂倒頁，錄入出現錯誤。
或是在提醒我，在路上關注現象不應該多於本質。

長途汽車上的筆記之十──詠史、感懷、山水詩之雜合體

1

凝神、聚氣，把冬天拋到山頂。
我站在觀景臺上，目睹遠方雲層翻捲。
內心的情感隨著陽光上升，我知道，
俯瞰大地，我已經在千里之外看到了自己，

正在匆匆趕路。撲面而來的分道線，
意味著縮短了我與家的距離。他們望穿秋水？
不是這樣。義務，捆綁著責任。
我必須做到的，不過是向古老習俗交出身體。

那麼自我的隱密呢？永遠在自我之外。
遭遇不斷變化的地貌，就是遭遇不斷變化的人生。
雖然我仍然遠離青山綠水，不說它們代表了什麼。
但心裡清楚，這是永恆與短暫顯示對立。

抓緊時間。這是我唯一應做的事。
我的語言需要在運動中找到自我與事物的聯繫；
一座繁華的城市能夠帶來它的警惕，
一片起伏的群峰，會讓它獲得複雜與鎮靜。

2

他？從夜郎國到瀟湘，意外不斷發生。
謝恩辭（謝酒、謝飯）說了嗎？別人的內心
我們無法知道，仍在等待奇跡；奇跡，
要在一千多年後，弄臣發明了階級論，讓我看到

原來並不是傲骨支撐著他。支撐他的
不過是忠君無門，站錯了隊，搞得所有的漫遊
如喪家犬，無驕傲可言，眾人的讚美，
到頭來就像失去巢穴的鸛鳥，找不到落腳之地。

局限性。可怕的詞，把才華和天賦
全部圈在命運的外面。把國家、種族的錯誤，
弄成一切錯誤的起因。真是齷齪啊！
哪怕我重新在紙上描繪路線圖；山路、水路，

甚至在某個地點標注他得到士紳的款待，
享受了風景。有用嗎？風雨飄零，
不幸如吸膚螞蟥緊咬他；儘管傳奇美化他的死，
但是他的死，只是自然之死，根本不浪漫主義。

3

我也不浪漫主義。我攀登名山，
不過是了卻心願，或者只是因為它在那裡，
我的到達只是說明崎嶇的山道上，
留下過我的足跡。有了與人擺龍門陣的談資。

它是別人的苦心經營；尤其是幾千級臺階，
向上、臨淵，給人絕處逢生的感覺。
至於修身的意蘊，攀爬，的確勞人肌膚，
在氣喘吁吁的過程中，我沒有獲得靈魂的昇華。

不可能的事，永遠不可能。這一點，
我體會很深；與孩子們一起，為了看太陽升起，
登上寒冷峰頂，儘管破空而出的旭日光芒萬丈，
我感到的卻是信仰已經蛻變為迷信。

我寧願承認大道周行，對自然保持敬意
──如壁垂直的懸崖深不見底；遠眺，
看到的群峰格外冷峻──我知道的是：看見或
不看見它們，只對我們有意義。它們漠視意義。

4

正因為如此，反反覆覆，我一再地
想到他，他與我的距離，有時候
是一尺，有時候是千里。但不管一尺，還是千里，
我都不瞭解他是什麼樣的人；天使，還是魔鬼。

他讓我感到，他不在他的身體裡。
我看到的全是表象。其實，我在我的身體裡嗎？
作為願望，我不想在我的身體裡，我希望
可以化身成為山水，可以是一棵樹，或一隻蝴蝶。

這樣，我看它們，實際上是在看自己。
當山水變化，就是我在變化，譬如一條河
被汙染，就是我被汙染。一座山，在大雨中坍塌，
就是我在坍塌。我知道，我需要絕對的細節。

需要局部的放大；深入，穿過表層。
當有人說「你尋找到什麼？」、「你不能否定
山，還是那座山，水，還是那些水。」
我說什麼呢？「人，不能兩次跨入同一條河流」？

5

這是我的超越？或者，融入。
難道不是批判？儘管我享受公路的延伸
把我帶到偏僻之地。我也想到，如果沒有公路，
就沒有我能看到的改變；水泥，代替了草木。

沒有比較，存在，就是絕對。
譬如荒山野林中的一切（松鼠、錦雞），天長地久。
讓我不斷在腦袋中描繪改變前的景象——
安靜的太安靜。綠色的太綠色。緩慢的太緩慢。

哪怕柳暗花明又一村，看到石寨和木樓，
仍是這樣的感覺。我和他們，隔著的
不是空間，而是時間。時間，在這裡並非線性的，
它讓我看到面積，看到「亙古」一詞是什麼意思。

我知道，這就是尊重自己。
不需要精確的記錄。「現實中到底發生了什麼」？
我在路上走著，不過是選擇做自己。
我的胸中有千溝萬壑、濤濤流水和萬畝森林。

6

而尋找是絕對。是它使我永遠在路上。
不管是悲傷,還是欣喜。陌生,成為安慰。
尤其當我突然發現,走進一個地方,
它的景象,讓我的「已知」重新變成了「未知」。

讓熟悉的變得不熟悉。
雖然如此的經歷顛倒黑白,把美變成了醜。
但說明的卻是,時間的辯證法的確有太多殘酷性。
讓我看到的世界,只是我看到的……世界……

永遠在古老的典籍之外。猶如告訴我,
改造,就是遺忘;遺忘,就是放棄。
這一點,我已經深深的領教過了。在我到達的
每一個地方,我都感到,它們,已經不是它們自己。

龐德說:「羅馬,不是羅馬這一座城市」。
到了今天,我覺得我可以這樣說了:
曲阜,已經不是曲阜;杭州,已經不是杭州;
或者北京,已經不是北京;成都,已經不是成都。

7

如此，我是不是陷入了旅行的玄學？
就像他，跋涉山水的過程變成自我的胡亂改寫。
尋找山水的「真理」。我亦想這樣做。
只是，疑惑不斷出現——否定，還是不否定？

我曾經說過，沒有人的山水，不是山水。
這是正確的嗎？因為我有這樣的經歷：
獨身待在一座山裡，我有過山在，但我不在；
或者我在，而山已消失的感覺。這樣的感覺，

讓我有時候欣喜，有時候沮喪。
搞得我一會是犬儒主義者，一會是沙文主義者。
角色不停變幻，怎麼確定我與山水的距離
甚至成為一個問題，像一根芒刺扎入我的身體。

要知道，我並不是他。從自我出發，
用自我丈量與山水的關係，如果真是必須這樣，
我是否應該說：沒有我，山水還是山水。
沒有山水，我還存在嗎？我不能憑空顯現自己。

8

所以，在，必須是終極概念。我在江邊，
在樹下，在山頂。我面對星空，面對雪和雨。
我也面對高速公路、鄉間小道，
古老的村落，香火旺盛的佛廟、天師廟、財神廟。

我是從它們那裡尋找自己嗎？
或者像有人所說，我尋找的僅僅是「在」的形式。
拜謁一個墓，掬起一捧水，摘下一朵花，
我的生命在那一瞬間與過去、水和花建立了關係。

不過，我亦說過，我想用舊來改造新。
這是解構嗎？把自己解構到歷史的細枝末節中，
或者將自己融入到山水的細節中，
我是不是應該談論具體？離開抽象，離開總結。

但是太難了。就像對於他我從來不談論。
不管是他深陷自我的精神狂妄，
還是不得不出仕尋找精神的支撐。我看他，
以看戲子的態度看他；他就是一個滑稽，一個錯誤。

9

錯誤也是偉大的。這就是為什麼
我仍然對他充滿同情。他的行走日移百里，
而我則可以借助汽車一日千里。
速度帶來了認識的不同。是不是更加浮光掠影？

就像他看到的繁華，在我眼裡不值一提，
譬如錦燈華彩，譬如官吏的奢侈。
哪怕他的想像力如神，我相信他也想像不出來
如今一個縣城呈現的一切，足以把他的膽嚇得結石。

我已經見慣不驚。當然，他見過的
有我再也見不到的──虎豹嘯林，地廣人稀。
我只能想像，如果我碰到了虎豹會怎樣？
是打殺，還是逃遁。不過最可能的是死於非命。

所以我說：地名是舊的，而地方是新的；
人民是舊的，但「國家」是新的。已經無數次了，
它們帶來現實的迷惘。把「到哪裡去」
變成問題，使我在此時此地，又不在此時此地。

10

讓我的思想，猶如在冰雪覆蓋的山上攀登，
凜凜寒氣，可以把人逼到「歷史的地緣學」。
再次回憶，我眼前的畫面晃動如霧氣籠罩的月亮，
它的喻意，讓我必須猜測謎語一樣不斷地猜測。

並再次問，我和別人看到的是否相同景象？
對於我，這是實踐、實現、時間的存在。
不像夜降臨，眼睛裡只有黑暗在延伸。
我要告訴自己的是：又是拋棄。永遠都在進行。

一個人，終歸不是一群人（時間的沙粒，
連沙都不是）；個人的歷史，其實，稱不上歷史。
當我不在這裡、那裡，我也不在任何地方。
我不能說：我的存在改變了世界，改變了漢語。

但是，結束也是開始。我知道我
還會在語言中浪跡一生。有時候一個詞是一堵牆，
有時候一句話是一條河，有時候一首詩
是一座山。我必須面對它們，或者，穿過它們。

後記

　　收入本書的短詩是我近三年來的作品，長詩則是2010-2013四年間完成的。書編完後，首先讓我感到的是詫異，沒有想到自己竟然寫了那麼多。在我這樣的年齡，這應該是有點瘋狂的事，一方面說明我的確花費了很多時間投入寫作，另一方面也說明還有創作狀態，當然，也說明我好像除開寫作沒有其他事幹。情況的確如此，這些年我的生活多是在漂泊中，經常連朋友都不知道我待在哪裡，但是不管在哪裡我的確是除了寫詩沒有幹別的。在這樣的狀態下，寫詩自然成了我唯一可以稱為在幹的正事。換一句話說就是：不寫詩，我還有什麼幹的呢？

　　別人也許會覺得有這麼多作品生產出來應該是讓人高興的事，但我的確高興不起來。我知道，這些作品的存在其實從另一個角度說明瞭我生活的無奈。想一想也是，當人把全部的精力投入到一件務虛的事上，至少說明了他在現實生活中的狀況，那一定是很不通暢的。畢竟寫作是熬煎靈魂的事，讓人不能不感到是在孤路上走。如果某位讀者能夠細心閱讀，他一定會發現不管是短詩還是長詩，裡面都隱匿著作為作者的我的孤獨感。

　　多年前，我曾經在接受別人的採訪時說過，我一直以來的寫作只有一個主題——虛無。我致力的是通過寫作完成自己對生命的虛無有所理解。但是，從認識生命的意義這一角度來說，理解虛無並不是容易的事情，尤其是當我們將之看作理解

生命存在的最基本和原始的形態時──這裡面充滿了形而上意
義的弔詭，一方面虛無感會產生對生命的厭倦，面對一切事物
存在的消極情緒；另一方面談論它卻要求我們不得不以認真專
注的態度從事分析、論證、總結的工作。怎麼將這看似矛盾的
兩方面處理好，是對在詩中談論它的挑戰，也就是說：我們必
須首先解決的不是對虛無本身有什麼認識，而是怎麼能夠使在
寫作中談論它變成帶有積極意義的行為，同時使詩獲得審美性
的自足。畢竟，對於詩歌而言，當它能被稱為好作品時，必須
完成的是形式上的新，和語言上的準確與生動。

　　慶幸的是，我覺得自己找到了屬於我的話語方式。寫詩的
人都清楚，詩人的成立，是建立在個人作品面貌的可辨識度上
的。一個詩人如果寫出來的作品缺乏可辨識度，總是被閱讀者
與其他詩人的作品搞混淆，這肯定是有問題的。甚至可以這樣
說，可辨識度的獲得，其實也是詩歌保持個體獨立性的前提。
在一個集體主義的時代，它是一種堅持清晰的個體自由，對於
「眾」的反對。在我看來，詩歌一旦落入了「眾聲合一」的文
化陷阱中，寫作的意義便自然而然失去了。

　　而個人聲音的確立，從另一個角度講，也意味著偏移，意
味著對普遍、一致的時代審美趣味的拒絕。對此，我的認識是
傲慢的。我覺得，寫作到了一定時候，必須對公共審美趣味有
所冒犯。因為沒有冒犯，就沒有創新；沒有冒犯，也就沒有文
學的革命；沒有冒犯，也就沒有自我的確立。而我願意做得事
情是：在寫作中凸顯自己，把個人存在絕對化。如果說寫作有
什麼意義，這應該是寫作最重要的，也許是唯一的意義。

正是如此，我在好幾年前便說過，就題材而言，我現在感興趣的是別人不感興趣的東西。我希望自己的寫作能夠呈現出這種對公共興趣的迴避。這帶來了兩方面的結果，一方面使寫作變得越來越隨心所欲，不講章法，也就是「以無招為招」，想怎麼寫就怎麼寫，想寫什麼就寫什麼；另一方面則是讀者很可能對之難以接受，因為他們的閱讀經驗，或是在審美層面上無法進入這些詩，或是從道德層面上無從評判這些詩具有的價值。但我對這一點感到非常高興。我真是希望一般意義上的評價在我的詩面前失效。

　　已經有人說我這是自毀，把多年來建立的讀者信任拋棄了。但是拋棄了又何妨？用類似卡內蒂的話的意思來說，寫作其實就是反對群眾。這些年來，群眾的審美好惡，已經明確地呈現出感知力的大規模退化，並帶來了可以稱為時代風潮的惡趣味。不反對這樣的群眾，實際上是對自己的不負責任，同時也是對詩歌本身不負責任。為此，做一個在詩歌中反對群眾的寫作者，從另一個意義上講，實際上是在拯救我們作為詩人的感知力。我們必須保持住這種感知力。它是人類對變化的世界永遠具有敏銳的認識能力的前提。正是這樣，漸行漸遠，在寫作的道路上被孤獨感包圍，也就成為自然而然的存在事實。

　　我十分享受這樣的事實。這一點與我近年來越來越不想參與詩歌的公共活動的想法多少一致。在這裡，有一個詞我想著重提一下，這個詞就是：疏離。對於曾經處於中國當代詩歌潮流的前沿並積極活躍其中的一員，我甚至已經不再想與過去交往密切的同行打交道，更是對其中一些人仍然熱衷於在各種詩

歌活動中表現自己感到反感。我希望自己能夠沉潛地與詩歌的
祕密打交道，對於我，它仍然是能夠持續地讓我集中注意力的
事。也就是說，我還會寫下去，肆意妄為地寫下去，直到有一
天寫不動了為止。

2014.8 深圳洞背村

語言文學類　PG1356　中國當代詩典　第二輯 03

馬巒山望
——孫文波詩選

作　　　者／孫文波
主　　　編／楊小濱
責任編輯／辛秉學
圖文排版／連婕妘
封面設計／蔡瑋筠

發　行　人／宋政坤
法律顧問／毛國樑　律師
出版發行／秀威資訊科技股份有限公司
　　　　　114台北市內湖區瑞光路76巷65號1樓
　　　　　電話：+886-2-2796-3638　傳真：+886-2-2796-1377
　　　　　http://www.showwe.com.tw
劃撥帳號／19563868　戶名：秀威資訊科技股份有限公司
　　　　　讀者服務信箱：service@showwe.com.tw
展售門市／國家書店（松江門市）
　　　　　104台北市中山區松江路209號1樓
　　　　　電話：+886-2-2518-0207　傳真：+886-2-2518-0778
網路訂購／秀威網路書店：http://www.bodbooks.com.tw
　　　　　國家網路書店：http://www.govbooks.com.tw

2015年10月　BOD一版
定價：300元
版權所有　翻印必究
本書如有缺頁、破損或裝訂錯誤，請寄回更換

國家圖書館出版品預行編目

馬欄山望：孫文波詩選 / 孫文波著. -- 一版. --
臺北市：秀威資訊科技, 2015.10
　面；　公分 - (中國當代詩典 ; PG1356)
BOD版
ISBN 978-986-326-346-3(平裝)

851.487　　　　　　　　　　　104011191

讀 者 回 函 卡

感謝您購買本書，為提升服務品質，請填妥以下資料，將讀者回函卡直接寄回或傳真本公司，收到您的寶貴意見後，我們會收藏記錄及檢討，謝謝！如您需要了解本公司最新出版書目、購書優惠或企劃活動，歡迎您上網查詢或下載相關資料：http:// www.showwe.com.tw

您購買的書名：_____

出生日期：_____年_____月_____日

學歷：□高中 (含) 以下　　□大專　　□研究所 (含) 以上

職業：□製造業　□金融業　□資訊業　□軍警　□傳播業　□自由業
　　　□服務業　□公務員　□教職　　□學生　□家管　　□其它_____

購書地點：□網路書店　□實體書店　□書展　□郵購　□贈閱　□其他

您從何得知本書的消息？

　□網路書店　□實體書店　□網路搜尋　□電子報　□書訊　□雜誌
　□傳播媒體　□親友推薦　□網站推薦　□部落格　□其他_____

您對本書的評價：(請填代號　1.非常滿意　2.滿意　3.尚可　4.再改進)

　封面設計____　版面編排____　內容____　文／譯筆____　價格____

讀完書後您覺得：

　□很有收穫　□有收穫　□收穫不多　□沒收穫

對我們的建議：_____

_____

_____

_____

姓　　名：＿＿＿＿＿＿＿＿　年齡：＿＿＿　性別：□女　□男

郵遞區號：□□□□□

地　　址：＿＿＿＿＿＿＿＿＿＿＿＿＿＿＿＿＿＿

聯絡電話：(日)＿＿＿＿＿＿＿＿＿　(夜)＿＿＿＿＿＿＿＿＿

E-mail：＿＿＿＿＿＿＿＿＿＿＿＿＿＿＿＿＿＿